為美好的世界獻上祝福！14
紅魔的考驗
U0074970
Kadokawa Fantastic Novels

「我沒有其他顯眼的特徵或是專長，也沒有目標，
所以在編紅魔族的
報名台詞的時候
傷透了腦筋……」
芸芸
「妳還是放棄當族長吧。
我幫妳想新的
報名台詞就是了。」
和真

「看見你為了我以外的人賭命，總覺得有點嫉妒。」
惠惠
阿克婭
「我受夠紅魔族的考驗了……」
「昨天晚上我一直在想帥氣的姿勢和報名台詞，所以沒什麼睡。」
達克妮絲

為美好的世界獻上祝福！

紅魔的考驗

CONTENTS

為美好的世界獻上祝福！ 14

紅魔的考驗

暁 なつめ
illustration 三嶋くろね

Kadokawa Fantastic Novels

Character
阿克婭
職業 大祭司
任誰都無法控制的水之女神。專長是宴會才藝。
和真
職業 冒險者
尼特主角。優點在於幸運值之高。
達克妮絲
職業 十字騎士
專司防禦的受虐狂女騎士。其實是大貴族家的千金。
惠惠
職業 大法師
紅魔族首屈一指的天才。只對爆裂魔法有興趣。
點仔
爵爾帝
芸芸
紅魔之里首屈一指的正常人。不擅長報上名號的大法師。
維茲
在阿克塞爾經營魔道具店的老闆。是個和平主義者卻也是巫妖。

序章

「妳們幾個準備好了嗎！裝備也都保養完了吧！」

「好了，鎧甲也擦得亮晶晶的！愛用的大劍也如你所見，送去店裡磨得鋒利無比了，保證不會辜負大家的期待！」

在豪宅外面整隊的同時，達克妮絲穿著整頓得光亮如新的裝備，帶著充滿期待的表情如此回應。

向大家確認的我也是準備得萬無一失。

除了平常的裝備之外，我還砸了大把的銀彈，在背包裡塞滿了許多魔道具和卷軸。

「吶，達克妮絲。我覺得妳還是放棄用劍，改用拳頭戰鬥比較派得上用場。」

「那麼我現在就立刻依照阿克婭所說，開始動拳頭好了。妳給我過來。」

和我一樣揹著背包的阿克婭聽見達克妮絲這麼說，立刻逃之夭夭。

和一大早就興奮不已的我們正好相反，惠惠是唯一裝備輕便的人。

「……為什麼大家都這麼幹勁十足啊？應該說，紅魔之里也有商店，我想應該不需要帶那麼大包的行李……」

「妳在說什麼啊，是考驗耶考驗！紅魔族是菁英魔法師，而我們現在要去挑戰的是紅魔族的族長考驗耶，事前準備做得再怎麼充分也是不夠的吧！」

聽我這麼說，惠惠露出略顯困惑的表情──

第一章

願聖鎧遭逢天譴！

1

就在不久前。

魔王軍的儲備幹部，視覺系墮天使迪克遭到擊退，結果導致維茲把自己關在魔道具店裡面足不出戶。

阿克婭幾乎每天都去安慰心碎的維茲，我們今天也去了魔道具店，結果回來的時候……

芸芸已經拿著伴手禮，等在豪宅的大門前面了。

「自己沒通過考驗可以不要怪到別人頭上來嗎！」

「不然妳說說看要怪誰啊！就叫妳不要發爆裂魔法了，為什麼！為什麼妳老是要在最不應該的時候發魔法啊！」

我們把芸芸請到裡面，問清了事情的來龍去脈。

「妳先冷靜一下吧，芸芸。要這個過著有如高空煙火一般人生的傢伙不准爆裂根本是強人所難。乖乖聽話的惠惠簡直和有良知的阿克西斯教徒一樣是不可能存在的。」

「被、被你這麼一說，總覺得錯的好像是我了……」

「吶和真，你這個比喻對阿克西斯教徒太失禮了吧。我們家的孩子們頑皮歸頑皮，但是再怎麼說腦袋也比惠惠正常多了。」

「很好，你們三個一起上吧。讓你們見識一下紅魔族認真起來是什麼樣子！」

——聽說，紅魔之里正在進行決定下一任族長的考驗。

而表示要當下一任族長的正是芸芸。

芸芸從以前就動不動把「終將成為紅魔族長之人」放在報名台詞當中。

這樣的她最近都在紅魔之里接受考驗……

這時，原本一邊啜飲紅茶，一邊默默聽芸芸訴說的達克妮絲開了口：

「一個人最多可以接受三次的考驗已經失敗了兩次，現在無路可退了是吧。關於紅魔族的考驗這件事我也略有耳聞。其實，達斯堤尼斯家和紅魔之里從很久以前就一直有往來。我們家愛用的鎧甲也是在紅魔之里打造的高級品。」

說著，她以優雅的動作放下茶杯。

「據我所知，照理來說，參加紅魔族考驗的兩個人基本上是堅強的前鋒配上紅魔族的後衛……這也算是某種緣分，惠惠形同我的家人，就由我來為她收拾善後吧。我來負責擔任妳的前鋒好了。」

「可、可以嗎！有會使用誘敵技能的達克妮絲小姐擔任前鋒我就放心了！請、請妳務必幫忙！」

芸芸的表情頓時一亮，而達克妮絲則是對她溫柔地笑了笑，再次端起紅茶湊到嘴邊……

「喂達克妮絲，妳是因為最近不太起眼，所以想要表現機會想要得受不了對吧。之前維茲那件事的時候妳也只有去倒追男人而已。」

「噗哈！」

我從旁吐嘈，害得達克妮絲把紅茶噴了出來。

不過……

「如果當不上族長，果然會是一大問題嗎？比方說，妳們家自古以來代代都是族長，所以無法繼承家業的話就會被逐出家門之類的……？畢竟族長是紅魔族最偉大的人，競爭應該也很激烈吧。」

在達克妮絲以怨恨的眼神看著我的同時，我同情起悶悶不樂的芸芸，便這麼問。

「不，紅魔族的人多半都很隨心所欲，而族長動不動就會受到拘束又得扛責任，所以真要說的話大家都不太願意當……」

芸芸抬起頭來，帶著認真的表情說。

「我沒有其他顯眼的特徵或是專長，也沒有目標，所以在編紅魔族的報名台詞的時候傷透了腦筋……」

「妳還是放棄當族長吧。我幫妳想新的報名台詞就是了。」

「和真果然厲害，五分鐘就解決了。」

聽我和阿克婭你一言我一語地這麼說，芸芸連忙站了起來。

「請等一下，不是啦，問題不是只有這個！紅魔族像盤散沙似的，所以沒有人當族長的話不知道會開始怎麼搞怪……不過，就像我剛才說的，除了我以外沒有人願意為了當族長而接受那麼麻煩的考驗……」

芸芸說的沒錯，放任自由過頭的紅魔族沒有人管感覺確實是個問題。

芸芸基本上老實又有常識，個性就像當班長的人，如果是她的話……

這時，原本坐在沙發上讓點仔趴大腿，扯著牠的耳朵玩的惠惠表示：

「沒辦法了。既然如此，這下只好由我當族長……」

「妳又不會用上級魔法！而且，難道妳當上族長就會回紅魔之里來嗎？如果妳只是因為族長這個頭銜聽起來好像很帥的話我會生氣喔！」

看來想當紅魔族的族長，學會上級魔法是必要條件。

「好，妳們兩個先冷靜一下。換句話說，芸芸需要一個強力的搭檔對吧？既然如此就包在我身上吧。讓妳們見識一下我在緊要關頭比任何人都還要可靠的一面。」

聽我這麼說，惠惠她們頓時僵住。

「你、你是怎麼了？平常的和真應該會嫌麻煩才對，怎麼你今天這麼好說話啊？」

聽惠惠代表大家說出失禮的話，達克妮絲恍然大悟似的敲了一下手。

「因為紅魔之里美女很多！」

「哦？明明自己才是會去倒追男人的公車千金，卻把我當成發情的野獸還是什麼了是吧。妳最近把我看得這麼扁，看來我得好好教訓妳一頓了。」

我不住抓動雙手，達克妮絲也一臉躍躍欲試地捲起袖子……

「我知道了！和真是因為前陣子上報出了名，打算去紅魔之里避難到風波平息為止對吧！因為那個叫迪克的人來找維茲的麻煩，讓你開始擔心自己會不會也被冒險者盯上，一定是這樣沒錯！」

這時，一臉跩樣的阿克婭不偏不倚地猜中了我的心思。

平常那麼不識相，為什麼只有在這種時候直覺特別準啊？

「才、才不是呢——！芸芸和平日只會給我添麻煩的妳們幾個不一樣，像她這麼通情達理的人，在我的朋友當中也是特別重要的一個，她碰上困難我當然要幫！」

「請等一下，比起以前，我們最近給你添麻煩的頻率也開始降低了……芸芸，妳在害臊什麼啊！這個男人只是像平常一樣隨口胡謅罷了！再怎麼說妳這樣也太好騙了吧！」

或許是對朋友、特別重要之類的部分產生反應了吧，芸芸的嘴角失守，不禁上揚。

「喂和真，你真的想擔任芸芸的搭檔嗎？紅魔之里可是一個充滿強大怪物的地方喔。我即使攻擊不到目標也可以當肉盾。但是你就……」

「就是說啊，弱雞和真先生會被那裡的怪物吃掉喔。我覺得你這次還是和我一起看家就好。偶爾給最近沒什麼存在感的達克妮絲一點表現機會嘛。說不定報社還會來採訪我們，她最近的表現只有倒追男人也太可憐了……好痛！等一下達克妮絲，我明明在幫妳說話耶妳為什麼要打我啊！住手！住手！」

被她們兩個這麼一說害我有點退縮。

也、也是，仔細想想，應該沒有冒險者會閒到特地跑來這種新手城鎮挑戰我才對……？

在我想著這些的時候，阿克婭依然被達克妮絲的拳頭狂敲，而就在這個當下。

隨著門鈴響起，有人打開了大門。

「佐藤和真先生在嗎？」

出現在門口的是冒險者公會的大姊姊。

「是這樣的……有一位高等級的冒險者說是想見佐藤先生一面，特地從王都那邊來到這裡。如果您有時間的話，可以來公會一趟嗎？」

「不好意思，接下來我要為了重要的朋友跑一趟紅魔之里。我想短時間內應該是不會回來了，請對方改天再來吧。」

在場的所有人都轉過頭來看如此秒答的我。

「和、和真先生……！」

聽見芸芸感動的聲音從背後傳來的同時，我對大姊姊笑著說：

「所以，請妳這麼告訴那位冒險者。佐藤和真為了朋友，踏上旅途接受嚴苛的考驗去了……或許沒辦法活著回來，所以你還是別等我了，去和魔王軍戰鬥吧……」

「佐、佐藤先生……」

大概是受到現場的氣氛影響了吧，就連大姊姊也感動了起來。

沒想到會落到必須突然出一趟遠門的下場，不過總比接受王都來的高等級冒險者的挑戰要好上許多。

接下來只要帥氣地踏上旅程，等到風波平息之後再回來就可以了……

這時，大姊姊帶著晶亮的眼神對這麼想的我說：

「我知道了！我回去就這麼告訴那位想見佐藤先生，自稱是你的粉絲的美女冒險者！」

「咦！」

2

隔天早上。

「芸芸還沒來嗎！都已經準備妥當了，咱們一天就搞定紅魔之里的考驗吧！」

我早在昨天就完成了準備，接下來只等啟程。

在天色依然昏暗的清晨，我已經在大門口迫不及待了。

「我已經等不及要大顯身手了和真！保護後衛是騎士的工作，考驗就交給我吧！」

在我身旁同樣迫不及待的達克妮絲略顯興奮地對我這麼說。

「我拒絕。畢竟這次有美女冒險者在等我回來。這種時候不好好表現一下怎麼可以。」

「不、不准因為那種無聊的理由就來攪局！吶和真，偶爾把表現的機會讓給我吧！再說了，這樣一點也不像你，你為什麼沒有趁昨天就去見你的那個什麼粉絲啊？」

大概是真的非常渴求以冒險者身分有所表現的機會吧，達克妮絲抓著我的肩膀用力搖晃……

「因為，要是聽人家說有粉絲想見我之後當天就跑去見對方，就會顯得我好像很猴急似的，遜斃了。這種時候就該先解決芸芸的問題，然後一邊大聲說『什麼嘛，這次的冒險也沒什麼難度呢……』之類的一邊回去公會，接著和那個女粉絲不期而遇的我就說『哎呀，妳是……？』這樣才自然嘛。」

「那、那是什麼猴戲啊？你這個傢伙平常明明就那麼猴急，卻在這種奇怪的時候自尊心作祟……」

達克妮絲一臉傻眼地對我吐嘈，但是我才不管她怎麼說。

「我必須帶個精彩的冒險故事回來告訴我的粉絲，所以這次我要有所表現。因此，妳可以留下來看家沒關係。」

「我、我才不要！聽說紅魔族的考驗是參考知名的英雄故事，由前鋒和後衛互相扶持，跨越各種難關。我就是因為嚮往那個故事才會以成為冒險者為目標！吶和真，這可是千載難逢的機會！偶爾聽一下我的請求吧！」

面對前所未見地固執的達克妮絲，我氣急敗壞地咄咄逼人了起來。

「妳把成為冒險者當作目標的真正理由明明就是更不入流的目的吧！說謊都不打草稿耶，我也想玩英雄遊戲啊！」

「我、我才沒有說謊！關於不入流的目的我並不否認，但是我小時候確實是因為那個理由才對冒險者抱持憧憬！應該說和真還不是把考驗說成英雄遊戲了，既然你的動機那麼無足輕重就讓給我！」

正當我們扭打在一起，彼此都試圖將對方推回豪宅時，有個沒好氣的聲音對我們說：

「你們兩個就那麼想玩英雄與魔法師遊戲嗎？從紅魔之里回來之後，你們想怎麼玩我都給你們保護就是了，先忍耐一下吧。」

出聲的是一臉想睡的惠惠，站在一旁的她是唯一裝備輕便的人。

達克妮絲從剛才開始就一直不肯退讓是有原因的。

這個原因，就是這個世界有個家喻戶曉的英雄故事，內容是描述一名少女，和少年一起克服重重困難，最後當上了一國的女王。

故事的登場人物，是勇敢的少女魔法師和沉默寡言的少年騎士。

和少年一起度過難關的少女實現了成為女王的夢想，最後更是和少年騎士結為連理的完美結局，可以說是模範英雄故事。

紅魔族的族長考驗，似乎也參考了這個知名的故事。

但是……

「該怎麼說呢，保護惠惠好像不太有那個感覺……」

「是、是啊……這樣與其說是重現英雄故事，感覺還比較像是探險活寶……」

「很好，那我不要扮被你們保護的公主，改當大魔王吧。就當個在故事最後會出現的邪惡魔法師好了！來吧，你們儘管放馬過來！」

正當惠惠像這樣憤恨不平地亂揮法杖的時候，我聽見庭院那邊有人心情愉悅地哼著歌。

仔細一看，阿克婭正在以魔法製造清水澆灌田地。

「妳是因為我們要出遠門一陣子所以在幫蔬菜澆水嗎？我已經拜託維茲照顧點仔牠們了，不然順便請她幫作物澆水……」

才說到這裡，我看見長在她面前的東西，整個人僵住。

阿克婭愉悅地澆著水的那個東西，是外觀有如少女，約莫手掌大小的幼苗。

沒錯，就是安樂少女。

「對喔，之前一陣兵荒馬亂的時候就不了了之，這麼說來確實是長了這麼一株東西！喂，達克妮絲、惠惠！妳們幫我壓制住阿克婭一下，我要在啟程之前先討伐這個傢伙！」

「等一下你在說什麼啊！我不會讓你下毒手的，冷血尼特！沒問題啦，在女神製造出來的神聖之水的澆灌之下，她一定會長成一個乖孩子！」

阿克婭將安樂少女抱在懷裡，仰頭望著靠近過去準備將牠連根挖起的我，拚命試著說服我。

「不可以不可以，我們家已經不需要寵物了！光是照顧點仔和爵爾帝和妳就已經夠忙了，再增加更多寵物是要幹嘛！」

「拜託你啦！我一定會記得幫她澆水，也會每天帶她去散步……吶，你剛才是不是也把我算進去了？」

眼前的安樂少女幼苗笑嘻嘻的，似乎還無法理解我們的對話。

……要驅除這個啊。

「唔、喂達克妮絲，保護城鎮的安全是貴族的職責對吧？我看妳好像很想要表現的機會，這個機會就讓給妳好了……」

「不、不對，和真是我們的中心人物，卻是等級最低的一個對吧？這個機會還是讓給你好了。」

……………………

「不過才陪阿克婭一起澆水澆了幾天，就這麼對她產生感情了是吧！快啊領主大人，請保護這個城鎮免受怪物侵襲吧！」

「可惡，你這個傢伙就只有那張嘴伶俐，既然如此，我這個領主大人就指定委託你這個冒險者！將那個安樂少女……！安、安樂少……女……」

安樂少女見達克妮絲指著自己，不知道是不是以為達克妮絲在和她玩，就笑瞇瞇地回看著她。

看見她的反應，達克妮絲的氣勢大減。

「……移植到紅魔之里的深處避免任何人接近，你們覺得如何……」

大概是因為放怪物一條生路讓身為領主的達克妮絲感到愧疚，她的聲音相當微弱——

——和芸芸約好的時間就快到了。

我們家的寵物除了阿克婭以外都已經交給維茲照顧，所以啟程前的準備全完成了。

「接下來就只等芸芸過來了。以她的個性，我還以為她會有什麼奇怪的顧慮，在約好的時間之前就來呢……」

「不，我想她應該會在約好的時間準時現身。以前在紅魔之里和朋友們約好要出去玩的時候，那個孩子大概是過於期待，曾經從半天前就開始等。所以我建議過她，說這樣太沉重了，小心朋友離妳而去。」

期待也該有個限度吧。

……這時，鎮上響起了報時的鐘聲，表示我們約好的時間已到。

就在那一剎那，豪宅前方浮現出一個魔法陣，芸芸隨著光芒從中現身——

「妳這樣的確是準時出現沒錯，但是分秒不差也會讓人覺得很討厭耶！」

「咦咦！為、為什麼我才剛出現就立刻被罵啊！」

似乎是用瞬間移動魔法傳送過來的芸芸儘管挨了惠惠的罵，卻還是環顧四周之後……

「各位早安。還請各位多多幫忙…………奇怪，請、請問，阿克婭小姐手上抱著的那個是……」

「這個孩子是終將成為紅魔森林之長的死亡尖叫．血腥瑪麗。她要搬到芸芸的老家附近去了，多多關照。」

看著阿克婭抱在懷裡的安樂少女盆栽，芸芸好奇地歪著頭說：

「那是安樂少女對吧？可以的話，那個報名台詞，或者說是綽號改一下好嗎……這麼說來，不知道為什麼，故鄉的大家都叫我千萬別靠近安樂少女……」

「安樂少女這種怪物可以說是邊緣人的天敵，別因為她小小一欉就放下心防喔。」

安樂少女是怎樣的怪物這種事情芸芸大概也知道，她先是露出有點想要的表情，隨後又連忙甩了甩頭。

「那麼各位，我們走吧……『Teleport』！」

她在地面上變出魔法陣，將我們帶往紅魔之里——

3

紅魔之里。

這裡是肩負監視魔王城的重責大任，日夜製造各種魔道具的地方。

「咦？芸、芸芸？惠惠！」

更是世界最強的魔法師的聚落，人類最強的戰力當中的一股都聚集在這裡……

「不好了——！惠惠和芸芸帶外面的人來了！大家趕快換衣服！」

…………

「等一下好不好——！我的紅魔族長袍被蟲蛀出洞來，所以被我丟掉了！我得去買新的才行！」

「吶，掃把借我充當一下法杖！」

「黑披風！我把黑披風放到哪去了來著……！啊——媽媽我的披風呢——！」

我們突然出現在村子的正中央，導致所有紅魔族騷動了起來！

這時，兩名少女從村子的入口那邊衝了過來。

「我說妳們兩個，要帶外面的人回來幹嘛不事先聯絡啊！」

「對啊對啊，害得整個村子人仰馬翻的！用走的過來也就算了，要用瞬間移動魔法過來的話，應該要給大家一點事先準備的時間吧！」

似曾相識的那兩個人，我記得應該是惠惠她們的同學——

「這不是我的同學莓乾絲和黏黏捲嗎。好久沒見到妳們兩位了。」

「我們是軟呼呼和冬冬菇啦！名字連一個字都沒對到，我們明明上次才去過阿克塞爾不是嗎！」

「妳也差不多該記住我們的名字了吧！」

沒錯，就是軟呼呼和冬冬菇兩人組。

她們兩個身穿疑似紅魔族正式服裝的長袍，擋在我們面前，遮住驚慌失措的紅魔族。

「嗨，兩位好久不見。我有點事情想問妳們，為什麼村裡的人都這麼混亂啊？」

心生疑惑的我一邊打招呼一邊這麼問。

「明明是魔法師的聚落，大家卻穿著一般的服裝，這樣會讓客人失望吧？原本有客人來的話，在村子附近巡邏的尼特應該會通知我們才對……」

「對啊對啊，像這樣突然用瞬間移動魔法過來根本是在找麻煩。」

「你們不需要為了像我們這樣的觀光客而特地換衣服啦，不如把用在這方面的努力拿去和魔王軍戰鬥。」

如此這般之後，躲回家裡的紅魔族們穿好一身黑色的裝備現身了。

他們在佯裝平靜採取和平常一樣的行動之餘，也不時用眼角餘光偷瞄我們，像是在叫我們快看快看似的，有夠煩人。

這時，發現一名紅魔族在自己家前面攪著大鍋裡的東西，阿克婭便快步跑了過去。

「吶和真，快看！是黑暗鍋！魔法師在煮黑暗鍋耶！」

身穿黑色長袍的魔法師攪動鍋子裡的東西，客觀看來，那副模樣怎麼看都只像是在製作可疑的藥品——

「村子外面來的小姑娘，妳還是別太靠近比較好……我正在製作的是禁忌的……」

「和真，是咖哩！鍋子裡傳出的是咖哩的香味！」

被她聞出鍋子裡的味道，紅魔族尷尬地轉頭看向別的地方。

「喂和真，那邊的女紅魔族正在畫魔法陣呢。看起來好像要進行某種大規模的儀式似的……」

聽達克妮絲這麼說的我看了過去，只見一個給人冰山美人感覺的漂亮大姊姊不知道在畫什麼，嘴裡還唸唸有詞。

我們遠遠地圍觀了一下，只見魔法陣慢慢發出光芒來，一明一滅地不斷閃爍著。

對於那幅光景產生興趣的阿克婭靠了過去，於是大姊姊表示：

「那位小姐，在附近會有危險喔！我接下來要行使的，是解放在太古遭到封印的強大惡魔之邪法……已經開始有邪惡的魔力從這個魔法陣外漏了。好了，別管我了，快離開吧。對於紅魔族而言，這種程度的事情是家常便飯。消滅太古惡魔這種事對我而言易如反掌——」

說完，大姊姊帶著淒美的表情嫣然一笑，下定決心高高舉起手。

之前我就一直聽說這個村子封印了一堆危險的東西，像是邪神啦女神啦古代武器之類的，不過沒想到連太古的惡魔這種駭人聽聞的東西——

「要消滅惡魔的話包在我身上！有我這個高等級的大祭司阿克婭小姐在，惡魔在現身的瞬間就會被秒殺！」

聽了大姊姊的警告，阿克婭說出如此可靠的台詞，同時站上前去。

這時，阿克婭一邊吸著鼻子一邊表示：

「……怪了，我一點也感覺不到邪惡的魔力耶。既沒有惡魔特有的惡臭，也還沒有感覺到會出現的氣息。不過沒關係，現在的我非常閒。為了痛宰惡魔，我可以陪妳一整天！」

說完，她為了監視魔法陣而原地坐了下來。

阿克婭抱著安樂少女的幼苗展現出長期抗戰的態勢，而大姊姊見狀不知為何開始冒汗。

「吶惠惠，阿克婭在幫那位大姊姊加油，不過她怎麼一臉傷腦筋的樣子啊？」

「我還想說她們在幹嘛呢，那不是套牢嗎？因為那個魔法陣是給觀光客看的，只會閃閃發亮的東西。套牢大概是第一次碰上那種反應的人，所以她也相當困惑吧。」

為什麼這個地方都是這種人啊？

過了不久，大姊姊誇張地搖了搖頭。

「……唔，這個惡魔似乎是因為察覺到妳的氣息而感到害怕，開始劇烈抵抗了！很遺憾的，看來我的魔力不足以解除封印。不過沒關係，這樣就沒問題了。謝謝妳，多虧了妳，這個村子才能夠得救……」

「魔力不夠是吧！沒問題，包在我身上！吶和真，幫忙把我的魔力分給這位小姐吧！如果是為了把惡魔拖出來，我願意不惜血本，大量使用神聖的魔力！」

聽阿克婭要求我使用「Drain Touch」轉讓她的魔力，大姊姊的臉開始抽動。

「好，包在我身上。如果是為了驅除惡魔，我也樂意幫忙。」

「不愧是和真，果然很好說話！這位小姐，妳可以放心了！我的魔力無窮無盡，所以要分多少給妳都可以！」

「和真先生、阿克婭小姐！套牢小姐快哭出來了，你們兩位別這樣！」

4

玩弄大姊姊的行動被制止之後，我們決定暫時和芸芸分開，去惠惠的老家一趟。

一臉傻眼的惠惠一邊走在我身邊一邊向我抱怨，還不時嘆氣。

「真是的……好勝的冰山美人套牢都快哭出來了喔。她可是紅魔族首屈一指的占卜師。要是逼到她想不開的話，她會擅自占卜你們不想被知道的事情喔。」

「誰教那個大姊姊太漂亮了，害我忍不住。話說占卜我們不想被知道的事情是怎麼回事？事到如今我也沒什麼好隱瞞的了，所以我可不會屈服於那種威脅喔。」

相處了很久的我們之間已經根深蒂固的羈絆了。

事到如今我也沒有任何不想被同伴們知道的祕密……

「以前有個名叫綠花椰宰的尼特惹套牢生氣，於是套牢不僅占卜了他洗澡上廁所的時間，還有他丟臉的過去和性癖，甚至是晚上一個人偷偷摸摸在做的事情，害他把自己關在家裡好一陣子。」

「下次見到那個大姊姊我一定會好好道歉。」

對惠惠如此秒答之後，我再次放眼觀望紅魔之里。

乍看之下感覺像是恬靜的鄉下小村莊，但只要仔細觀察，就可以發現隨處都有和一般村莊不太一樣的地方。

經過一座小屋前面的時候，達克妮絲問：

「吶、吶惠惠，那個人到底在做什麼啊？有個魔像在攻擊正在旋轉的陶甕，那是某種儀式嗎？」

「那個人是紅魔族首屈一指的陶藝家。他用念動魔法令陶甕旋轉，同時操縱魔像完成作品。他好像不喜歡直接碰陶甕，因為會弄得滿手泥濘。」

真希望他向全世界的陶藝家道歉。

「吶吶，那麼，那些人又在做什麼啊？」

阿克婭一邊說一邊指著一群紅魔族，他們手上拿著裝了衣物的籃子聚在一起……

「『Tornado』！」

看似主婦的紅魔族詠唱魔法，同時一道強烈的龍捲風便隨之吹起。

「『Create Water』！」

其他主婦開始朝著高聳入天的龍捲風噴水。

威力強大的魔法龍捲風內部積存了大量的清水，維持在受到控制的狀態之下——

接著主婦們便接連將衣物丟進龍捲風當中。

「那只是在洗衣服而已。」

「你們濫用魔法的狀況真的很誇張。」

就在說著這些的時候，我們已經來到村里的邊陲……

「………我想，以地點而言應該是這裡沒錯……」

惠惠茫然抬著頭，仰望著一棟在村里當中也算是相當大的透天新屋。

這個家看起來一點都不像我們之前住過的那間破屋。

僵在原地好一陣子的惠惠搖搖晃晃地走向那個家，搖響門鈴。

接著，在一陣乒乒乓乓的奔跑聲之後，門後傳出一個聲音對我們說：

「是誰？」

「呵呵，妳覺得是誰？」

大概是想營造突然回來的感覺，給她的妹妹米米一個驚喜吧。

惠惠帶著微笑沒有正面回答，結果門後傳來喀嚓一聲。

看來是門被鎖上了。

「我們家看起來很氣派但其實沒有錢。請回去吧。」

「是我！是妳的姊姊惠惠！聽聲音就知道了吧，快開門！」

惠惠拚命這麼表示，於是米米便緩緩開了門。

從她沒有完全把門打開而是從門縫裡觀察外面的狀況看來，她還沒有放鬆警戒。

「……我們家沒有姊姊。她已經爆炸死掉了。」

「妳這個孩子突然說那是什麼話啊！如妳所見，我是妳姊姊，妳看！妳看！」

一看見是惠惠，米米用力關上門說：

「最近回來村子好幾次卻沒有回家裡露臉的人才不是姊姊。」

「啊！不、不是啦，那個……我之前回來是為了芸芸的考驗，又不是回來玩的……米米，妳是因為我沒有理妳才鬧脾氣嗎？如果是這樣的話，我今天晚上陪妳玩個夠就是了，妳別生氣了。」

說著，惠惠帶著有點高興的表情苦笑。

「我才不管姊姊怎樣，只是覺得既然回來了就應該帶禮物給我。」

「這不是真心話對吧！妳只是因為鬧脾氣才這樣說對吧？姊姊覺得很受傷，可以不要說這種話嗎！」

見米米不打算讓惠惠進去，我從背包裡拿出伴手禮來。

「嗨米米，好久不見。我是和真哥哥啊。妳看～～有零食給妳吃喔～～」

「葛格歡迎回家！」

「米米！妳只有姊姊，快對我說歡迎回家！」

——被帶進惠惠家的我們，在煥然一新的家裡到處張望。

「請用茶。」

「哎呀，謝謝。米米真是貼心呢。」

在米米無微不至的伺候之下，阿克婭似乎也頗為滿意，坐得很舒服的樣子。

「伴手禮是這個嗎？」

「米米，這個孩子既不是食物也不是禮物喔。基本上，看到人形的生物也不應該想到要吃喔。」

米米看著被放在桌上的安樂少女盆栽，垂涎不已。

「好了，米米。姊姊一直寄錢回家裡來，所以關於這間新蓋的家我有一些事情想問。」

「舊家砰一下不見了，所以就重新蓋了一間。」

這麼說來，之前確實提過惠惠的老家不見了。

「這個我知道。不過，無論是家具還是任何東西，看起來都遠比我現在用的還要高級耶……」

面對看起來心情複雜的惠惠，米米一邊大口吃著我拿給她的伴手禮零食一邊說：

「姊姊是吝嗇鬼。」

「那種字眼妳是在哪裡學來的，反正一定是綠花椰宰那個尼特對吧！等到爸爸媽媽回來之後，我一定要好好追究這個家是怎麼回事！」

5

當天晚上。

「事情就是這樣，所以雖然家變新了但我們還是沒有錢！妳就當成是在可憐媽媽，繼續寄錢回來吧！」

「我知道了不要拉我的披風！更何況大家都在看，這樣很丟臉，快住手！」

惠惠質問回到家裡來的母親，才知道他們家是貸款蓋了這間房子。

「也罷，家變大了是一件好事。啊，我會在村子裡待一陣子，所以和真他們也要一起在這裡住幾天喔。所以說，我的房間在哪裡？」

說著，惠惠嘆了口氣，似乎已經累了。

「……咦？呃，惠惠的房間嘛……」

「喂，快點帶妳的親女兒去自己的房間喔，否則就別想叫她寄錢回來給薄情的父母。」

聽惠惠冷淡地這麼表示，她的媽媽唯唯便巴著她說：

「妳現在住那種豪宅，所以我沒想到妳會回來嘛！還有幾個空房間，妳挑一個喜歡的房間來用不就好了！二樓最裡面的那個房間是我大力推薦的一間！那間的牆壁比較厚，房間也比較大，妳可以跟和真先生一起睡。」

「既然房間有多的話我們當然是分房睡啊！請不要把正值青春年華的女兒和年輕男人塞進同一個房間！」

唯唯沒有理會暴怒的惠惠，一臉認真地看著我說：

「和真先生比較想和小女塞同一間對吧？」

「那是當然。」

「為了不要把事情搞得更複雜你可以閉嘴嗎！」

惠惠對如此秒答的我出聲威嚇。

「喂等一下，妳上次不是才問我想要幾個小孩嗎！」

「那種事情不應該在家長面前說！而且那是未來的事情！」

沒有理會爭執不下的我們，阿克婭對米米招了招手，要她過去。

「米米不要聽他們在說什麼，我摺了摺紙給妳玩。妳看～～是爆殺魔人莫古忍忍喔。」

「好帥——！」

爆殺魔人是怎樣，莫古忍忍又是什麼，讓我超好奇的。

在阿克婭吸引米米的注意時，達克妮絲她們也越吵越激烈了。

「惠惠妳……！平常一下子說我是情色騎士一下子說我是情色千金，自己倒是在我不知不覺間連家庭計畫都擬好了啊！惠惠才是悶騷色女！」

「沒、沒禮貌耶，妳叫誰悶騷色女啊！夠了，和真，我們出門去！今天的例行公事還沒完成，我們隨便找個地方解決吧。」

大概是覺得再這樣吵下去對她不利吧，惠惠牽著我的手準備出去外面……

「例行公事？達克妮絲小姐，小女的例行公事是什麼？」

「惠惠每天都要來一發，弄到自己體力耗盡無法動彈才甘心。」

「達克妮絲，不要說那種會令人誤會的話！被妳說得好像我在做什麼猥褻的事情！」

大概是想對之前動不動就被冠上情色兩個字還以顏色吧，達克妮絲又說：

「順道一提，因為她每天做那件事情的時候聲音實在太大，惠惠的例行公事在阿克塞爾已經算是小有名氣，最近甚至會有人來參觀呢……」

「我們家的女兒都在大庭廣眾之下做什麼啊！」

「只是發爆裂魔法罷了！達克妮絲，妳要是再加深我媽的誤會，小心我讓妳吃不完兜著走！」

見惠惠面紅耳赤，達克妮絲一臉認真地說：

「不要以為說出要讓我吃不完兜著走我就會開心喔。我不討厭惠惠，不過我覺得那種事情不應該是兩個女生做。」

「我並沒有想要讓妳開心好嗎，妳是不是被怪物揍太多腦袋被揍出問題來了啊！夠了，和真，我們走！……奇怪？和真？」

在被拖進她們的渾水之前，我已經發動潛伏技能離開惠惠家了——

6

惠惠的例行公事就交給達克妮絲負責好了。

來到夜晚的紅魔之里，我目前站在白天在村裡亂晃的時候發現的一間令人好奇的店家前面。

粉紅色的招搖招牌上，寫著「夢魔內衣酒吧」。

名稱取得非常直接，不過阿克塞爾都已經有真正的夢魔服務了，既然如此，在阿克塞爾以外的地方還有別間店也不足為奇。

而令我在意的是內衣的部分。

日本的成人娛樂店家當中，似乎有一種是內衣酒吧。

根據我聽說的內容，好像會有穿內衣的小姐們為客人斟酒。

腥羶色的夢隨時都可以作。

只是，我偶爾也想在現實當中左擁右抱。

畢竟，阿克塞爾的夢魔服務太強了，導致鎮上幾乎沒有這種成人產業。

俗話說出外丟的臉跟不回家，偶爾放縱一下也不會怎樣吧。

而且老實說，就算不是夢魔經營的店家也無所謂。

畢竟紅魔之里多美女。

感覺可能會有人說你都和惠惠變得那麼親密了竟然還去那種地方，但這種店家不算數。

我只是來和比較成熟的小姐喝酒罷了。

在心中如此對自己辯解了幾次之後，我下定決心打開店門——

「喔，歡迎光臨啊外地人。只有一位的話坐吧檯可以吧？」

看著只有大叔的店內，我瞬間領悟到自己被陰了。

順應店員的指示在吧檯坐下之後，無法捨棄最後一絲希望的我問：

「請問，這裡是普通的酒吧嗎？」

「是啊，這裡是紅魔族首屈一指的高智商之人命名的酒吧兼旅店。外地來的客人全都會問同樣的問題呢。」

……紅魔族首屈一指的高智商。

「那個人該不會就是想了名叫『混浴溫泉』，但既不是混浴也不是溫泉的公共澡堂的人吧？」

「你怎麼知道啊客人。除此之外，這個村子裡的觀光勝地也全都是那個人想出來的。」

真希望他們可以把高智商和濫用的魔法都用在魔王軍身上。

要是就這樣直接離開這間店的話等於是公然承認我受騙了，所以總之喝個一杯就趕緊閃人好了。

正當我一邊小口喝著立刻上桌的酒一邊這麼想的時候。

「外地來的客人，歡迎光臨。吾乃黏黏捲，紅魔族第一的酒吧老闆之女！乃終將成為這間店的老闆娘之人！這位小哥好像是惠芸的同伴，我會算你便宜點。不過相對的，你可以告訴我她們兩個在阿克塞爾過得怎樣嗎？」

端了我沒有點的料理放在我眼前，同時在我身旁坐下的，是個一頭黑長髮的女孩。

既然會把她們兩個湊在一起統稱惠芸，應該是她們的同學或什麼的吧。

或許是很好奇遠在外地的同鄉過得怎樣。

不只黏黏捲，就連附近的紅魔族也都豎起耳朵來。

於是，我用大家都聽得到的聲音，訴說她們兩個人的表現——

「——你、你說什麼——！那個芸芸有男生朋友了！然後呢！她那兩個男生朋友是怎樣的人？」

「一個是金髮的小混混。另一個該說是個性很像惡魔呢，或者該說根本就是惡魔……」

聽了我的說明，黏黏捲用力拍打吧檯，激動到一頭長黑髮都甩亂了。

這樣一來，紅魔族也不會再說芸芸是邊緣人了吧。

儘管為善不欲人知，不過我已經開始期待芸芸日後會怎麼答謝我了。

「沒想到她還劈腿！過去那個幫忙我研究帥氣姿勢的純真芸被藏去哪裡了……！那兩個人的百合氣息那麼濃厚，我一心以為她們會湊在一起……」

黏黏捲感慨萬千地這麼說，而我搖得杯子裡的冰塊喀啦作響，表現出成熟男人的感覺。

「順便告訴妳，惠惠正在和我建立成年人的關係。搞百合這種事情用看的我是不討厭，不過兩個美少女湊在一起是人類的損失。我打算盡全力抵抗魔王軍造成的人口減少。」

「乍看之下這句台詞好像很帥氣，不過換句話說你就只是想搞大人家的肚子吧。」

就在我這樣被黏黏捲吐嘈的時候，酒吧裡面忽然一陣喧嘩。

正當我心想到底發生了什麼事的時候……

『兄弟？喂，這不是兄弟嗎！』

二樓大概是旅店吧。

我看見的是令人想忘也忘不了的那副自我主張強烈的全身鎧。

『我我我，是我啦！最棒最硬又能歌善舞的神器中的神器！你的好兄弟，埃癸斯先生啊！』

應該已經被艾莉絲女神帶走的聖鎧埃癸斯就在那裡。

7

『嗨兄弟，在這種地方遇見你還真巧啊！這是命中注定嗎？看來我們或許很有緣呢。要是和真仔轉生成美少女了，我就讓你進到鎧甲裡面。』

「你叫誰和真仔啊，還有不要隨便亂認兄弟。」

埃癸斯在我身邊坐下之後，對著黏黏捲豎起手指。

『小妹妹。我看妳應該沒有母奶，那就來杯和妳的體溫一樣熱的牛奶吧。』

「鎧甲客人每天晚上的性騷擾都有如行雲流水一般呢。」

埃癸斯依然是埃癸斯，一點都沒變。

『性騷擾是在表現我對妳的愛啊，小妹妹。想不想把手指放進我的身體裡面試試看啊？會覺得有點溫溫的喔。』

「面對最強的武鬥派集團紅魔族還敢這樣啊，你真厲害。果然笨蛋與勇者只有一線之隔。」

或許是經常應付喝醉的酒客已經習慣被性騷擾了吧，黏黏捲興致勃勃地把手指放進埃癸斯的鎧甲裡。

而我一邊斜眼看著如此不尋常的光景一邊問：

「所以，你怎麼會在這種地方啊？艾莉絲女神不是把你帶走了嗎？」

『對了對了，兄弟你聽我說！主人實在太過分了，竟然想把本大爺賜給一個劍術大師老兄。而且他還是個令人不悅的型男！如果性騷擾跟在他身邊的女生他還會生氣，所以人家就離家出走了！』

有這種會擅自離家出走的裝備真是辛苦那個人了。

「離家出走我懂了，但是你為什麼偏偏跑來紅魔之里啊？」

『……說到紅魔之里就會想到周邊有一堆強大的怪物。沒錯，我是想考驗那位老兄，看看他是不是配得上我的男人。』

族長考驗也好這個傢伙也好，為什麼大家那麼喜歡考驗啊？

「客人，你之前不是說『傳聞沒有錯，紅魔之里果然都是漂亮小姐！我從今天開始就是這裡的小孩了！』嗎？」

『哎呀小妹妹，不可以對紳士說那種不識趣的話。我用這個付牛奶的錢，不用找了，快收下吧。』

埃癸斯遞了一樣東西給端著牛奶回來的黏黏捲。

「……這是什麼東西的碎片嗎？」

『那是我閃亮亮的身體的一部分。再怎麼說我也是純奧利哈爾康打造的，要是把人家賣掉甚至買得起一座城堡……你們兩位的視線太恐怖了，別這樣好嗎？』

畢竟是神器嘛。

當然買得起城堡。

『臉湊得太近了兄弟。來吧，這是小妹妹拿來的體溫牛奶。這杯我請你喝，大口乾了吧。』

「明明沒辦法喝你還點啊。先不管這個了，你打算暫時待在這個村子裡是吧？」

把牛奶硬塞給我的埃癸斯表示：

『是啊——我大概會暫時在這裡和美少女親熱一陣子之後，再窩到艾莉絲教會去找主人……小妹妹，房間的錢我已經預先付清了吧？可以不要刮我嗎？』

在它說話的同時，黏黏捲拿著湯匙用力刮著鎧甲的表面。

我端著微溫的牛奶說：

「如果你會待上一陣子的話正好。其實是這樣的，這個村子正在辦族長考驗，如果碰上什麼狀況，我說不定會有事情拜託你，到時候可以幫個忙嗎？」

『反正我閒著沒事，要幫忙是無所謂，不過你可以先阻止這個孩子嗎？要不然我會被她刮到不見。』

被用力刮來刮去的埃癸斯略顯困惑地對我說。

第二章 令人造種族得知真相！

1

一方面也因為喝了酒，我後來覺得回去很麻煩，就在夢魔內衣酒吧過了一夜。

然後，隔天早上。

天亮才回到惠惠家的我——

「不好意思，我來帶我們家那兩個笨蛋回去。」

不知為何，來到了紅魔之里守望相助隊的辦公室。

「嗨，你來了就好，快把她們兩個帶回去吧。」

守望相助隊的隊長，沒記錯的話應該是叫綠花椰宰的尼特，一臉疲憊地嘆了口氣。

我對著被關在簡易式牢房裡的兩個人說：

「……其實我也不願意，不過我來接妳們了。」

「和真，你昨天晚上消失到哪裡去了？有你在的話，我們就可以用潛伏技能和感應敵人技能甩開守望相助隊了。」

在牢裡理直氣壯地扯這種歪理的是惠惠。

「……我還以為妳和阿克婭、惠惠她們不一樣，是會阻止她們的那種人。」

「我顏面盡失了………」

而在她身邊的是臉紅到耳根子去，掩面蹲在地上的達克妮絲，

這兩個傢伙似乎在我出門去酒吧之後，跑去完成例行公事了。

「應該說，我待在這裡的期間內，這是每天都會發生的事情喔。所以我想只要村子裡的大家習慣，問題就解決了。」

「我聽不太懂妳在說什麼。」

聽惠惠這麼說，綠花椰宰顯得有點困惑。

「不是啦，這傢伙堅稱自己一天不發爆裂魔法就會死掉。所以，這在阿克塞爾已經算是一種當地特色了。」

「我真的聽不懂你們在說什麼。」

感覺泰山崩於前都可以面不改色的紅魔族，也會因為這個問題兒童而感到困惑。

「真拿你們沒辦法。從今天開始我會盡量在天色還亮著的時候解決，請你叫村子裡的大家不要嚇到。」

…………

「可以一直把這個傢伙關在這裡，直到族長考驗結束為止嗎？要我付保管費也沒關係。」

「別這樣好嗎，這裡是守望相助隊，又不是無賴保管處。監護人請好好負起責任帶回去啦……」

「喂，你們可以不要把嬌弱的少女當成燙手山芋嗎！」

在達克妮絲羞愧地在牢房的角落把自己縮得小小的時候，燙手山芋開始找我們麻煩——

「——現在好像還不能接受族長考驗。聽說遭到破壞的第一考驗所還沒修好……」

帶回惠惠和達克妮絲之後，我們帶著阿克婭去找芸芸，結果她一臉歉疚地向我們道歉。

「沒有考驗所是怎麼回事？我不過稍微離開一陣子，村裡的人也變得太懶惰了吧。」

惠惠一邊嘆氣一邊這麼說，說得事不關己的樣子。

「破壞了考驗所的人不就是妳嗎！應該說，在我接受族長考驗的時候，我希望惠惠可以隨便找個別的地方去玩耍……」

「喂，妳想排擠本小姐是什麼意思給我老實招來，我洗耳恭聽！」

見惠惠瞬間暴怒，芸芸連忙揮了揮手。

「不、不是，我不是想排擠妳……只是妳自己也知道吧，以妳的個性，在我接受考驗的時候絕對不可能乖乖待著……還有，要是在考驗的最後有什麼搶眼的表現機會，妳也絕對無法忍耐對吧？」

「「「原來如此。」」」

「不要所有人一起被說服好嗎！你們是不是把我當成瘋狗還是什麼了啊！」

「妳該不會是忘記自己五分鐘前還待在哪裡了吧？牢房那種地方正常人是一輩子都不會進去的喔。」

正當惠惠撇過頭去的時候。

「不過這樣一來我們就沒事做了。紅魔之里上次來的時候已經逛過一圈，接下來要幹嘛啊？」

據芸芸表示，考驗明天應該就可以重啟了。

在那之前先回阿克塞爾一趟好像也很沒勁……

正當大家一臉傷腦筋的時候。

「我想送這個孩子回森林裡。」

阿克婭抱著安樂少女的盆栽，依依不捨地對我這麼說。

我這才想起，說起來確實還有這麼一個目的。

「那個……身為紅魔族的一員，有人把怪物種在村里附近我會很傷腦筋的……可以的話我想請你們討伐她……」

芸芸的發言合理到不行，但阿克婭把盆栽湊到芸芸面前。

「妳要討伐這麼小的孩子嗎？芸芸是那麼冷酷的人嗎？說啊，妳看著這個孩子的眼睛再說一次啊！」

「對不起對不起！我辦不到對不起！」

2

「我怕這個孩子會寂寞，就種在那個可以俯瞰村里的山丘上好了。」

「阿克婭小姐，那個地方名叫魔神之丘，是情侶們常去的觀光景點，所以不行。挑個更深入森林的地方如何？」

我們跟著講究該把幼苗種在哪裡的阿克婭，在紅魔之里內徘徊。

「好麻煩喔，乾脆種到芸芸家的院子裡算了。這裡的人應該不會上安樂少女的當，還可以當成新的觀光景點。」

「不愧是和真。這樣這個孩子也不會寂寞了。芸芸也可以多一個朋友，太完美了。」

「我也覺得很完美。我會好好照顧她的。」

「你們在說什麼傻話啊！芸芸也不要想都不想就回答，找怪物當朋友是不可以跨越的界線！」

事情都快要圓滿收場了，惠惠卻連忙這麼吐嘈。

「吶惠惠。我啊，在當上紅魔族長之後，有一件事情一定要做。」

「妳、妳怎麼突然說這個……妳想做的事情是什麼？」

芸芸對著困惑的惠惠輕輕笑了幾聲。

「我啊，從很久以前就一直在想，要抓一些高智力，又能夠和人對話的怪物，在村子裡打造一個怪物牧場……」

「妳怎麼會打這種像和真一樣的主意啊！然後把牠們養大了再用來補充自己的經驗值對吧！」

被惠惠抓著胸口不斷搖晃的芸芸連忙否認。

「才、才不是呢！只要幫牠們把食衣住都準備妥善，高智力的孩子們一定會對人類敞開心胸吧！這是為了讓人類和怪物別再繼續彼此抗爭，找尋共存之道的嘗試……！」

「還扯什麼共存啊睜眼說瞎話，妳就那麼想要朋友，甚至到了把怪物變成尼特也在所不惜嗎！」

「就是這麼想要！那還用說嗎！」

對於惠惠的說教，芸芸終於惱羞成怒了。

丟下開始吵架的她們兩個，我們不停思索著該怎麼處理安樂少女的幼苗。

「我想還是只能種去遠離村里的森林深處了……」

「這樣這個孩子會不會寂寞啊？這麼說來，安樂少女本身已經很少見了，不知道有沒有叢生的地方？可以種在朋友附近的話，我想這個孩子也不會寂寞吧。」

「要是找到一大叢這種黑心生物的話就只能放火燒掉了。」

「你走開啦，這個孩子會怕！鬼畜和真快點走開！」

阿克婭用力推著我的背，而安樂少女對這樣的她伸出小手，開心地笑著——

——紅魔之里的後門外面，是綿延的巨大山脈以及一整片廣大的森林。

而我們目前正走在那片森林裡，往深處前進……

「哇啊啊啊啊啊——！芸芸——！芸芸——！」

「『Light Of Saber』！」

正要攻向阿克婭的一擊熊反遭芸芸的魔法襲擊。

「『狙擊』！『狙擊』！『狙擊』——！啊啊啊啊芸芸！芸芸！救命啊芸芸！」

「『Lightning Strike』——！」

包圍了我們，與森林同化的樹型怪物，中了芸芸施展的落雷，化為漆黑的焦炭。

「啊啊！這個傢伙是那個有名的麻痺史萊姆！牠會先麻痺獵物再用弱酸性的身體慢慢溶解，是一種危險的怪物！一般的人類都會連同裝備一起被溶解，但如果是我被這個傢伙逮到，大概衣服和裝備會先被消化掉吧！不過和真你放心，本小姐不會屈服於那種羞辱……」

「『Inferno』————！」

逼近達克妮絲的史萊姆們，被灼熱的魔法蒸發——

「……芸芸，借一步說話好嗎？」

沒有理會正在撲滅餘燼的阿克婭，還有不知為何在史萊姆的殘骸旁邊不斷啜泣的達克妮絲，走在小隊最後面的惠惠開了口。

「怎麼了惠惠？我現在正在用『Search』的魔法戒備四周……啊，這裡的斜前方有怪物！交給我吧，我馬上去殲滅……」

「不需要好嗎！應該說妳是怎樣啊，從剛才開始就怪怪的。妳今天未免太好戰了吧？」

走進森林之後，我們立刻接受了紅魔之里的怪物們的洗禮……

「我有表現得那麼好戰嗎……？妳也知道，減少村里附近的怪物也是族長的工作嘛。而且我的魔力還很充裕，為了以防萬一我還帶了這麼多瑪納礦石……」

「鬥志太旺盛了！帶了那麼多昂貴的瑪納礦石，妳是想找哪裡發動戰爭嗎！我們是一個小隊，不需要一個人那麼衝。」

見芸芸從口袋裡掏出大量的礦石，惠惠不住揮動法杖，對她說教。

然而芸芸聽了，表情隨即一軟……

「小隊……嘿嘿、嘿嘿嘿……」

「很噁心耶！妳是怎樣啊，在人家對妳說教的時候這樣傻笑很沒禮貌！」

看來，芸芸是第一次正式和人家組隊打怪，所以鬥志才格外高昂吧。

「又不會怎樣，芸芸幫我們打倒所有怪物，我感激都來不及了。既沒有危險又輕鬆，一點問題也沒有吧？」

「史萊姆……史萊姆……麻痺史萊姆……」

我沒有理會一臉難過地喃喃自語的傢伙，對惠惠這麼說，但還是沒用。

「大有問題！要是芸芸表現得過於活躍，不就沒有我上場的機會了嗎！我要對這附近的強大怪物轟一發大的！」

「妳回老家是來幹嘛的啦，我們可不是來冒險或是練等的耶！」

或許是學習到待在那裡最安全了吧，緊緊跟在芸芸身邊不打算離開的阿克婭說：

「吶和真。惠惠太難搞了，趕快讓她隨便發一發之後當成行李用搬的吧。」

「說的也是，讓她當行李感覺比較不會亂來。就這麼辦吧。」

「我還真沒想到連阿克婭都說那種話！我可不會發喔！難得回故鄉一趟，我可不會對小嘍囉亂發魔法！」

見惠惠開始耍任性，我嘆了口氣，心想該怎麼對她說教——

這時，我的後頸一麻。

「『Explosion』——————！」

惠惠以無詠唱方式施展的爆裂魔法似乎控制得極為絕妙，穿過林木的間隙，射進森林深處。

爆炸的氣流隨著巨響而起，扳倒了附近的樹木。

「妳在幹嘛啦啊啊啊啊啊啊啊啊啊！」

被氣流吹得人仰馬翻的芸芸，以半尖叫的聲音如此痛罵。

3

回到紅魔之里的入口，綠花椰宰就問了我們：

「吶，剛才從森林深處傳出了一陣巨響對吧……」

面對這個問題，我們表示：

「惠惠一氣之下就動手了。」

「請等一下，突然出招的確實是我沒錯！但是我已經告訴你們好幾次了，那是有理由的啊！」

被阿克婭打小報告的惠惠連忙開始辯解。

「好好好，我知道，妳當然有理由嘍。是不是因為一時心煩意亂啊？還是有一隻好大的蟲子停在妳身上害妳嚇一跳啊？」

「你這個男人！」

被我揹著的惠惠從後面勒住我的脖子……

「和真先生是在問妳有什麼理由妳還賣什麼關子啊，快點老實招來！」

「嗚……可是，我想大家一定不會相信……」

但是被芸芸如此逼問，惠惠隨即支支吾吾了起來。

「我知道惠惠是不會信口開河的人。放心吧，就算其他人不相信，我也會好好把妳的話聽進去。」

「達克妮絲……」

也不管兩人之間的氣氛正好，綠花椰宰再次問了：

「所以，到底發生什麼事了？」

惠惠露出凝重的表情之後表示……

「爆殺魔人莫古忍忍現身了。」

「妳再說那種蠢話小心我把妳丟在這裡。」

我試圖將背上的惠惠放下來，但她緊緊抓住我不肯就範。

「所以我不是說了嗎，大家一定不會相信！達克妮絲，快幫我罵這個男人！」

「咦……這、這個嘛……說的也是，雖然我對怪物認識不深，不過原來是莫嘎忍忍要攻擊我們啊，不愧是惠惠，多虧妳解決掉牠！」

「連名字都沒有記對，話也說得一點誠意都沒有！虧我還那麼相信達克妮絲！」

在惠惠大吵大鬧的同時，綠花椰宰嘆了口氣。

「什麼不提偏偏提莫古忍忍出現，妳就找不到更好的藉口了嗎……」

「別的怪物姑且不論，和爆炸有關的怪物本小姐絕對不可能認錯！莫古忍忍在森林深處一直盯著和真。對手可是那個爆殺魔人，我不覺得省略了詠唱的爆裂魔法能夠解決掉牠。」

見紅魔族們的表情越來越嚴肅，我總算發現惠惠不是在胡扯。

「爆殺魔人是什麼東西啊？妳不是在開我們玩笑嗎？」

聽我這麼說，惠惠搖了搖頭。

「爆殺魔人莫古忍忍。原本被安放在紅魔之里當中人稱神祕設施的建築物裡面，擅使爆炸魔法的神祕怪物。據傳會說隻字片語的人話，但是完全沒有人聽得懂內容是什麼，具有發現非紅魔族的人類就會攻擊對方的習性，到了晚上還會毫無意義地亂發爆炸魔法。」

「還真是找人麻煩的習性啊。妳的意思是，那個聽起來像妳的表親的神祕怪物鎖定我了嗎？」

爆炸魔法，是一種相當於爆裂魔法的下位互換魔法的攻擊魔法。

居然說會用那種魔法的怪物盯上了我……

這時，綠花椰宰插了嘴：

「一般來說，爆殺魔人莫古忍忍應該都窩在森林深處不會出來才對啊。」

「妳是為了在待在村子裡的這段期間內隨時都可以發爆裂魔法，所以才隨便編出這個理由來的對吧。」

「你說這是什麼話啊！你是說我只為了發爆裂魔法而編出那種無聊的故事嗎！」

面對說詞毫無說服力的惠惠，綠花椰宰聳了聳肩。

「誰教惠惠從以前就是個滿口胡言亂語的小孩。一下子說什麼看見發出耀眼光芒的神祕物體飛向東方的天空消失了，一下子說什麼自己的前世是破壞神，一下子說什麼使用爆裂魔法的魔法師會變成巨乳……」

「你完全不相信我說的話對吧！明明是個尼特還那麼囂張！」

「少、少囉嗦，尼特和這件事沒關係吧！更重要的是，妳不要再去森林裡發爆裂魔法了。要是怪物受到刺激，事情會變得很麻煩耶。平常也就算了，現在有族長考驗，妳可要安分點喔。」

綠花椰宰這麼說完，便一副責任已了的樣子，就此離開。

「——爆殺魔人莫古忍忍真的在那裡。和真不可以離開村裡喔。紅魔族以外的人類男性，尤其是黑髮黑眼的人，都會被莫古忍忍當成眼中釘。」

「為什麼牠的目標那麼有針對性啊？應該說，那個傢伙不會離開森林深處不是嗎？妳是不是看到巨大的獨角仙之類的認錯了啊？」

「再怎麼樣我看到那種東西也不會誤認好嗎！和真請不要擔任族長考驗的搭檔。我也已經被叮囑過不准再參加考驗了。所以芸芸的搭檔就交給阿克婭或達克妮絲負責吧。」

「包在我身上。」

「等一下！這樣我會很傷腦筋耶！啊，不是，我的意思並非不要妳們兩位，絕對沒有那種事情！」

見芸芸著急了起來，達克妮絲對她溫柔地笑了笑。

「十字騎士的本分是保護別人。沒問題的，我希望妳放心交給我。我一定會好好保護妳。」

「達、達克妮絲小姐……」

「有本小姐在的話就不需要擔心任何事情了。就算芸芸被強大的怪物幹掉了，我也會立刻對妳施展復活魔法！」

「阿克婭小……不，我希望妳可以做到不會讓事情演變成需要復活魔法的場面……」

正當芸芸露出不知道是感動還是怎樣的微妙表情時，我說：

「咦——……什麼考驗什麼搭檔的，聽起來就很有王道奇幻故事的風格，讓我難得稍微拿出沉睡已久的幹勁了說。」

「和真和我一起看家吧。我帶你在村子裡到處參觀。村子裡有一間居酒屋是我同學的家長經營的喔。」

「那間店就免了，而且還有個麻煩的傢伙住在那裡。」

到頭來，就因為這樣。

儘管來到了紅魔之里，我在這裡還是得當個尼特。

「吶。結果我們沒有種這個孩子耶。」

「「「啊。」」」

4

當天晚上。

「事情就是這樣，我明天開始就沒事做了，所以有沒有什麼需要我幫忙的事情呢？」

惠惠的媽媽回到家之後，我主動表示要幫忙。

我和那個占據了惠惠家裡日照最充足的地方，當成自己的地盤在那邊睡午覺的粗線條女神不一樣。

既然人家讓我們住在這裡，我至少還懂得這點用心。

「哎呀哎呀，你想幫忙啊？為了收集製作魔道具用的材料，我明天要進這個國家最深的地城一趟……」

「不好意思，可以讓我幫點更簡單一點的忙嗎，像是洗衣服洗碗之類。」

看來我要協助他們家的工作還太早了。

「既然如此，和真，我對莫古忍忍有點好奇，我們明天去神祕設施探險一下好不好？」

「妳就這麼在意那個名字奇特的怪物嗎？」

芸芸的族長考驗從明天開始。

然後，基於強烈的自告奮勇，第一項考驗決定由達克妮絲擔任搭檔。

「既然如此我也想去！不覺得神祕設施聽起來好像會有寶藏在裡面嗎？」

在別人家裡毫不客氣地喝起酒來的阿克婭這麼說。

「那個設施好像早就被踏遍了，我想應該什麼也不剩了喔。」

根據紅魔族表示，那是個連建築目的都不詳的神祕設施。

不過現在好像被當成觀光景點之一了……

「有什麼關係嘛，偶爾做點冒險者會做的事情，探險一下也不會怎樣。和真的運氣那麼好，說不定會找到什麼東西呢。」

「……為什麼你們偏偏要挑我不在的時候做那種冒險者會做的事情……」

達克妮絲落寞地埋怨。

「那麼，為了替明天做準備，今晚就早點睡吧。阿克婭也別喝太多酒喔。那我就先回房

間了……」

　惠惠這麼說完便站了起來，準備回自己房間——

「是啊，早點睡覺確實是一件好事。不好意思喔和真先生，這個家裡沒什麼娛樂……不過，和小女在同一個房間裡卿卿我我，我想應該也是娛樂性十足吧？呵呵呵呵。」

　聽唯唯這麼說，惠惠的臉部開始抽搐。

「當人媽媽的突然說這是什麼話啊？妳到底想叫正值青春年華的女兒做什麼啊！」

　忿忿不平的惠惠這麼說，但唯唯無動於衷。

「鄉下地方唯一的娛樂不就只有那個了嗎？快點讓我抱孫子吧。」

「請不要對自己的女兒提那種成人話題！和真也說她幾句好嗎！」

「我想令嬡以體格而言，要生孩子還太早了。還是等她再長大一點比較好……」

「我已經長得夠大了想生孩子也生得出來！問題不是這個好嗎，啊啊真是的到底該怎麼辦啊……！」

　面對唯一一個在大聲嚷嚷的惠惠，我試圖勸她冷靜下來。

「已經很晚了妳小聲一點。還有說話也要小心，說什麼想生孩子也生得出來，要是被鄰居聽見了丟臉的是妳喔。」

「這種時候我才不想聽那種大道理，你以為會變成這樣是誰害的啊！」

「順道一提，以體格而言我應該是隨時都可以生的身體。」

「怎麼連達克妮絲都說出這種蠢話來啊，快去睡覺啦！」

「『Sleep』。」

唯唯的這個聲音一響，惠惠便倒在地毯上。

毫不客氣的施展魔法讓自己的女兒睡著之後，唯唯露出燦爛的笑容說：

「好了好了，接下來任憑你處置！夜晚還很漫長，你愛怎樣就怎樣吧。」

「不好意思，即使是我，要對睡著的女生動手動腳還是……」

正當我因為唯唯打算把自己的女兒賣給我而有點反感的時候，達克妮絲挺身阻擋。

「這種事情應該在雙方你情我願的狀況下做，以這種形式跨越最後一道界線的行為我無法認同！即使妳是惠惠的母親……」

「『Sleep』。」

達克妮絲的話還沒說完，唯唯看也沒看她一眼就對她施法。

「……是惠惠的母親我也不能坐視不管！十字騎士的本分就是守護！我要守護惠惠的貞操！」

「撐、撐住了！我的睡眠魔法應該是特製的版本才對啊……」

達克妮絲具備頑強的精神力以及突出的魔法抵抗力，還有抵擋狀態異常的抗性。

魔法對她無效這件事讓唯唯為之驚愕。

「唔……！之前明明就乖乖睡著了，看來妳的等級在那之後提升了不少呢！」

「身為達斯堤尼斯家的人，我可不會再次栽在同一個人手上！妳會用的就只有睡眠魔法了嗎？來吧，有本事就讓我失去抵抗能力吧！」

達克妮絲帶著如此勇猛的台詞與唯唯對峙之後……！

「那這招如何啊！『Paralyze』！」

「不成氣候！就連我白天在附近的森林裡遇見的麻痺史萊姆對我使用的麻痺攻擊都還比較像樣！」

沒有理會洋洋得意地挺起胸膛的達克妮絲，還有已經醉倒睡著的阿克婭。

我揹著入眠的惠惠，直接帶去房間——

5

月光從窗戶照了進來。

柔和的光芒落在睡得平靜的惠惠臉上，讓她的臉龐在黑暗中也清晰可見。

身為一名紳士，我當然沒有碰她。

我躺在睡在床上的惠惠身旁，枕著自己的手臂，望著她天真無邪的睡臉。

「……嗯嗯……吾之力量……現在正是毀滅禁忌的封印……毀滅世上的一切之時……」

惠惠一邊說著一點也不天真無邪的夢話，一邊翻了身。

或許是因為旁邊有我在，讓她覺得睡起來和平常不太一樣的關係，惠惠不久之後就微微睜開了眼睛──

「……不好意思，我可以問一下你在幹嘛嗎？」

「在看我心愛的人的睡臉。」

惠惠猛然跳了起來。

「什麼心愛的人啊！而且你為什麼要打赤膊！」

「不是啊，醒來的時候要是身邊有個赤裸的異性，一般來說都會覺得可能發生過什麼事了對吧？」

躺在惠惠身旁的我，上半身是一絲不掛。

惠惠離開我身邊，對著自己上下其手，到處確認自己的身體。

「當然會覺得啊！這完全是事後的狀況吧！啊！請等一下，我的胸罩不見了！」

「因為我想說胸部被勒著應該不好睡。而且聽說睡覺的時候不要穿胸罩比較長得大。」

我指了指枕頭旁邊，惠惠便朝著放在那裡的胸罩伸出手。

「用不著你多管閒事，明明平常那麼不機伶，為什麼就只有對這種事情特別用心啊！就算是和真也不應該在我睡著的時候亂動我的胸罩……」

「別擔心，紳士如我可是用偷竊技能脫下來的。」

「你真的只有在最無謂的事情上面特別機伶耶，那副跩臉更是令人火大！要是誤偷到內褲的話你打算怎麼辦啊！」

一把抓住胸罩之後將手縮進長袍裡，化為晴天娃娃狀態的惠惠開始窸窸窣窣了起來。

「妳先冷靜一點嘛。我是想說，咱們都已經像這樣蓋同一條被子好幾次了，卻什麼事情也沒發生，這樣好像太單調了，所以想嚇妳一下。有沒有嚇一跳啊？」
「當然有啊！你真的什麼都沒做吧！我可不想在沒有記憶的時候變成大人喔！」
大概是穿好胸罩了吧，惠惠的手又從長袍長了出來。
「妳用不著擔心，我可沒那個膽量。相信我吧。」
「聽起來是很有說服力沒錯，但是聽自己喜歡的人說這種話讓我覺得很洩氣！」
原本呼吸急促的惠惠總算恢復了平靜。
「真是的，雖然不該這麼說自己的母親，但她真的太誇張了……居然施展睡眠魔法讓自己的女兒陪男人睡，未免太沒常識了吧……」
「我覺得沒常識這一點很有妳老媽的特質啊。」
惠惠一邊嘆氣，一邊把雙腳打直，坐在我身旁。
即使嘴上抱怨還是願意像這樣和我待在一起，是不是因為我們已經相處很久了啊。
「我也不是排斥發展成那種關係喔。可是，在母親的主導下，又是在自己的老家，這種狀況再怎麼說都有點……」
「就算惠惠這麼說，還是每次都一定會被打斷啊。我最近一直在想，自己是不是中了什麼注定一生保持處男之身的詛咒。我叫阿克婭幫我看我有沒有受到詛咒，確認過好幾次了，她都說沒問題。」

每次我想要跨越最後一道界線的時候都會碰上阻礙到底是怎樣啊？

照理來說我的運氣應該很好才對，這樣太奇怪了吧。

如果說，其實是艾莉絲女神偷偷暗戀我，所以心生嫉妒才會從中作梗的話，這樣我還可以接受……

「哪會有人對你施加那種無聊的詛咒啊……」

「說不定有我的支持者希望我可以保持純潔之身啊。也許看不出來，不過我最近意外的挺有女人緣的喔。畢竟都有自稱是我的支持者的美女冒險者，跑到阿克塞爾的冒險者公會來找我了。」

聽我這麼說，惠惠的眉毛動了一下。

「……回去阿克塞爾之後，你會去見那個人嗎？」

「人家都特地千里迢迢跑這麼一趟了，我當然該見她一面吧？頂多只是握著手簽個名而已啦。我原本就覺得可能會有這種事情發生所以練習過簽名了。阿克塞爾的冒險者公會一直都很照顧我們，所以我已經偷偷在柱子上留下簽名了。」

呵呵，這就是吃醋啊。

這樣的惠惠還真是令人傷腦筋，不過偶爾像這樣吊一下她的胃口，也是成人戀愛的一種應對進退……

「公會的櫃檯大姊姊之前一邊擦你的簽名，一邊發脾氣喔。還特別要我交代你不准擅自塗鴨。」

「太過分了！幾十年後，我簽過名的柱子的價值明明應該會水漲船高才對！」

正當我如此憤慨的時候，惠惠在陰暗的房間裡輕輕笑了一下。

「不然和真簽個名送給我好了……佐藤和真。我覺得這是一個非常好的名字喔。」

「總覺得惠惠稱讚我的名字讓我覺得心情非常複雜……」

「喂，人家好心稱讚你還擺出這種態度是什麼意思啊！快說喔，我洗耳恭聽！」

惠惠如此責難，但是身為佐藤家族的長子我不能不抗議。

儘管嘴上抱怨，惠惠還是整個人倒在躺著的我身邊，擅自枕著我的手臂，毫無防備地躺平。

即使在這種時間兩人獨處也敢這麼做，看來她很信任我吧。

或許也可以當作她是在勾引我，不過我也是有學習能力這種東西。

而且我不是故意要套用惠惠的話，但是在對方的家長也在同一個屋簷下的狀況做出那種行為也有點那個……

「不好意思，和真，可以打擾一下嗎？」

「聽說似乎好像不太可以。」

「這件事情有點難以啟齒，不過你頂到我了。而且就是……還變大了。」

「小事別在意。」

我也沒辦法啊，這是生理現象。

青春期的男生和女生黏在一起，如果沒變成這樣才奇怪。

「我姑且先警告妳，妳可別攻擊我的寶貝兒子喔。這個傢伙不但害羞，還很敏感。」

「我才不會因為一點生理現象就做出那種事情來呢。自己主動黏上去還動手攻擊，你到底把我當成多不講理的女人了啊。」

和達克妮絲演變成類似狀況的時候，她的確是蠻不講理地攻擊我了啊。

……這時，我發現黏在我身上的惠惠的視線，落在我那個狀況非常不得了的部位上。

「妳也是青春期的女孩，所以對異性的身體會有好奇心，這個我了解，不過也用不著這樣一直盯著看吧。」

「啊！不、不是啦！只是每次發展成這樣你都得忍耐，害我覺得這樣好像很可憐……」

就是說啊！

而且這裡是紅魔之里，又沒有那種店可以去。

既然如此，至少給我個五分鐘的私人時間吧。

「……不然，要不要我幫你一點忙啊？」

我也差不多要受夠這種看得到吃不到的狀況……

「妳剛才說什麼？」

「表情太認真了！我、我說需不需要我幫忙你解決……」

什……！

「色女！情色惠！達克妮絲說的沒錯，妳果然很悶騷！」

「三更半夜的不要大聲嚷嚷！你說誰悶騷啊！」

話不是這麼說啊……！

「誰教惠惠說出那麼誇張的話來！妳知不知道自己在說什麼啊？說要幫我解決妳、妳這不就是……！」

「請不要一直強調！我只是有那麼一點點覺得，老是在無法解脫的狀態下被置之不理的你有點可憐罷了！」

這個傢伙到底知不知道幫忙是什麼意思啊！

而且她願意幫忙到什麼程度啊？是願意讓我配來用嗎？

還是願意實際為我提供各種服務呢……

不對，更重要的是……！

「讓凡事都還沒有經驗，年紀又比我小的女生做那方面的事情，反而有種比實際達陣還要不道德的感覺……」

「需要把事情講得那麼猥褻嗎！應該說，光是挑逗你卻不讓你做任何事情，害我都開始覺得自己好像是個壞女人了……我不知道該怎麼做才好，不過該怎麼說呢，和真每次在興奮起來之後，總是一副很難受的樣子……」

不知道是因為亢奮還是緊張，惠惠的眼睛閃現紅光，害羞地轉過頭去。

「當然難受啊，我都已經覺得妳是魔女惠惠了！」

「不准說我是什麼魔女！而且我不是說過只要你真的願意負責我也無所謂嗎！」

我大半夜的在年紀比我小的女生家裡說的這些是什麼話啊？

接下來到底想要她做什麼啊？

而且我現在才想到，我目前還打著赤膊啊！

「你到底是要還是不要！我開始覺得這個狀況讓人很害羞了！」

「我也很害羞啊！人家的家長就在樓下睡覺，我卻得對一個沒有經驗，手腳還很生澀的女生做出指示要求她這樣那樣耶！這種玩法去店裡到底得付多少錢才玩得到啊！」

「別說那種蠢話了要做就快做！那種事情不要一想到就全部說出口！」

「妳突然叫我做我也沒辦法啊，這種事情需要心理準備耶！我知道，我非常清楚！反正事情正精彩的時候一定又會被打斷，我身上就是有這樣的詛咒！可是我還是會期待嘛，不如說這種對話已經夠青春酸甜夠讓我小鹿亂撞的了！」

「我知道了，我都知道了，所以你快脫了吧！都已經吵鬧成這樣了還沒有人來打斷我們，既然如此，今天晚上一定……」

——就在惠惠說到這裡的時候。

遠從紅魔之里的森林那邊，響起了爆炸聲。

我和惠惠四目對望。

「……我就說吧？」

「………………明天我再請阿克婭對你施展解咒魔法好了。」

6

儘管慾火焚身卻又令我鬆了一口氣的夜晚總算過去。

「喂，解釋一下這是怎麼回事，我洗耳恭聽！」

「我才想問是怎麼回事好嗎！」

正當我們一臉什麼事情都沒發生過似的在客廳吃早餐的時候，綠花椰宰帶著一群紅魔族闖了進來。

「你們沒頭沒腦的我也不知道是怎麼回事，總之可以先放開我再說嗎？我覺得這不是對待女生應有的方式。」

「……可以是可以，不過妳要答應不准逃跑，不准掙扎喔。」

綠花椰宰在壓制著惠惠的狀態下如此確認。

見惠惠默默點頭，他便鬆開拘束著惠惠的手……

「你太大意了！看我直接讓你斷氣！」

「啊嗚！騙、騙子！惠惠是騙子——！」

在獲得解放的瞬間便攻向綠花椰宰的惠惠進入了勾臂鎖喉的態勢。

「你會信守和魔王軍或是怪物約定好的事情嗎？尼特是比史萊姆還要低等的存在。乖乖遵守和那種生物約定好的事情還比較愚蠢！」

「夠、夠了惠惠，把手放開，那個人快死掉了！還有不要把尼特說得太難堪！」

我壓制住惠惠之後，紅魔族們連忙照料起渾身癱軟，動也不動的綠花椰宰。

臉色蒼白的綠花椰宰又開始呼吸後，在這場騷動中依然故我地喝茶的阿克婭對他說：

「所以，這到底是怎麼一回事？我們家惠惠做了什麼嗎？」

聽她這麼說，紅魔族們互看了一眼之後表示。

「你們知道村子附近昨天晚上又發生爆炸了嗎？」

「非常抱歉！今後我們會避免這種事情再次發生！惠惠，妳也快點道歉！」

「達克妮絲，妳別擅自道歉！應該說，可以不要一爆炸就把事情都扯到我身上來嗎！」

沒有理會開始跪下來道歉的達克妮絲，惠惠說出這種毫無說服力的話語。

「話雖如此，不然你說其他還有什麼人會做出這種事情來？」

「是啊，先從惠惠的不在場證明開始問起吧。妳昨天晚上在哪裡做什麼？」

面對紅魔族們的追問，惠惠的臉倏然刷紅。

「我、我說不出口……」

然後用幾乎聽不到的聲音喃喃這麼說。

「看吧，果然是惠惠嘛！居然還敢叫我尼特又勒我的脖子，快向我道歉！應該說……現在回想起來，以前在紅魔之里發生的爆炸聲騷動該不會也是惠惠搞的鬼吧？那次案件發生的時候，惠惠還作證說每天晚上發生的爆炸是闖進村子裡的女惡魔幹的對吧？」

看來惠惠對於綠花椰宰的質問似乎心裡有數，汗珠從她臉上滑過的那瞬間並沒有逃過我的法眼。

「惠惠剛才有反應！而且又無法提出不在場證明，妳果然……！」

「為什麼連和真都一起追究起我來了啊！我明明是因為昨天晚上是和你兩個人在一起，害羞到說不出來好嗎！」

聽惠惠這麼說，紅魔族們露出一臉瞭然於心的表情。

「這樣啊……我當成妹妹一樣看待的那個惠惠，不知不覺間也變成大人了呢……不好意思，打擾你們吃早餐了。」

「那個惠惠居然……還真是世事難預料啊。原本還以為她是和男女情愛最沒有關係的一個呢……」

「我們只是待在一起什麼都還沒有做！請不要對村裡的大家亂嚼舌根！」

紅著臉的惠惠試圖驅趕那群尼特。

「姑且問一下，那個真的不是妳吧？」

「聽見爆炸聲的時候你不是也和我在一起嗎！再說了，昨天去種安樂少女的時候我已經用過魔法，為什麼還會被懷疑啊！」

聽她這麼說，我們這才恍然大悟，然而……

「那這到底是怎麼回事啊？惠惠增殖了嗎？」

「又不是史萊姆，我可沒聽說過紅魔族會增殖。難不成是在我們沒發現的時候，弄到了足以頂替爆裂魔法的魔力消耗的超高純度瑪納礦石之類……？」

「先說好，我不是共犯喔。沒有和真的話，我可沒辦法把魔力轉讓給她。」

「你們三個很沒禮貌耶！我都已經在你們面前發過魔法又有不在場證明了，請不要把爆炸和我扯上關係！」

見惠惠如此暴怒，聽了我們剛才的對話的紅魔族們一臉凝重地看著彼此。

「那麼，昨晚的爆炸……」

「難不成是惠惠說的那個……」

「「「爆殺魔人莫古忍忍……」」」

「可以不要一直提那個名字嗎？」

既然如此，就表示惠惠真的不是在瞎扯嘍。

這麼說來，昨天在惠惠發出爆裂魔法前不久，我好像也感覺到後頸的部分麻了一下，似乎是感應敵人技能的反應。

圍著惠惠的紅魔族們板起臉來，開始思索。

「這樣一來，可沒有閒工夫搞什麼族長考驗了吧？要是忍忍對外地人下重手，來村裡玩的觀光客可就……」

「找族長商量一下好了。商量完之後，就動員所有紅魔族出去獵殺忍忍。」

聽見這句話，惠惠著急地說：

「請、請等一下，用不著取消族長考驗吧？」

「選出下一任族長用不著趕快，但是解決忍忍的行動是越快越好吧？而且要當紅魔族的族長，條件是依照順序接受考驗，或是限定兩人搭檔解決強敵。既然如此，乾脆叫打倒忍忍的人當下一任族長也可以。」

「如果沒有麻煩的考驗，我也來立志當族長好了……」

總覺得事情的發展越來越偏了。

再這樣下去，選出下一任族長的方式，就會變成先搶先贏的爭奪戰了。

沒有其他特長的邊緣人少女的自我認同，將會輕易被別人搶走。

……就在這個時候。

「對不起。」

「惠惠？妳怎麼突然道歉啊？」

眾人的視線聚集到突然低頭道歉的惠惠身上。

「…………昨晚的爆炸騷動是我幹的。我半夜出去散步，結果被一隻很大的鍬形蟲嚇到，就發了魔法。」

「妳搞什麼鬼啊！」

面對前言不搭後語的惠惠，綠花椰宰激動了起來。

「看吧，果然是惠惠搞的鬼！我的眼睛可不是裝飾品！快點為妳叫我尼特還有勒我脖子的舉動道歉！」

「勒你脖子我可以道歉，可是叫你尼特我不會道歉。」

「為什麼妳會如此仇視尼特啊！」

——在綠花椰宰他們嚴重警告過惠惠，接著離開之後。

「妳為什麼要那樣說啊？昨天晚上妳明明就和我在一起快活啊。」

「快活！」

「請你不要說成那樣好嗎！達克妮絲也很吵耶，不需要動不動就做出反應！」

惠惠自願蒙受冤屈，而且我大概猜得到理由是什麼。

在這場騷動當中完全不為所動的阿克婭一邊悠閒地喝著茶一邊說：

「惠惠那麼傲嬌，一定是為了避免芸芸的族長考驗被取消才那麼做的吧？」

「原來如此，她就只有在事關芸芸的時候特別不老實嘛。」

「你們兩個很吵喔，誰傲嬌了！我是因為已經失去接受考驗的資格，所以想搶在大家之前先狩獵忍忍，然後藉此搶走族長的寶座……！」

在惠惠辯解個沒完的時候，達克妮絲拉了拉我的袖子。

（喂和真，你們昨晚到底是怎樣快活了……我最後力有未逮，在惠惠的母親大人的手下失去了抵抗能力……）

（我們蓋同一條棉被躺在一起，結果那話兒就那樣了，所以惠惠她……）

達克妮絲壓低了音量對我耳語，於是我把昨天晚上的事情告訴了她……

（你你你你你說什麼！你到底想叫年幼無知的少女幫你做什麼啊……！）

（別說那種傳出去會讓人誤會的話！人家和感覺正好的時候就會畏縮的妳不一樣，惠惠在我的那話兒變成那樣之後還打算負責……）

「我聽得見你們兩個在說什麼！你們大清早的在聊什麼東西啊！」

正當惠惠紅著臉的時候，門鈴響了。

去應門的大概是米米吧。

在一陣乒乒乓乓的腳步聲之後響起了開門聲。

最後被帶到家裡面來的，是面臨考驗顯得有些緊張的芸芸。

「各、各位早安！達克妮絲小姐，今天要請妳多多幫忙……咦……？惠惠，妳的臉是不是有點紅啊？」

「芸芸妳聽我說，昨天晚上惠惠和這個男人……」

「什麼事情都沒有發生！好了達克妮絲，快點跟她去吧！」

7

「——這裡就是神祕設施。之前我只有帶你們來看建築物，沒有進去看過對吧。」

送走芸芸和達克妮絲之後。

在依然紅著臉的惠惠領路之下，我們被帶到之前探索過的地下機庫旁邊的設施來。

外觀是鋼筋混凝土製的巨大建築物。

如同惠惠所說，她之前也帶我們來過這裡，不過現在再次觀察之後……

「和真先生和真先生。這是所謂的研究所對吧。」

「應該就是所謂的研究所吧。」

「研究所是什麼東西啊？你們兩個真的不時會說出奇怪的詞彙呢。」

事隔已久再次來到這個設施，仔細一看還貼心地掛著招牌。

「上面寫著『諾伊士開發局』呢。」

「你看得懂嗎？」

惠惠驚叫出聲，不過這是因為招牌上寫的是日文。

我沒記錯的話，諾伊士應該是製造出惠惠她們紅魔族的魔法技術大國。

招牌的內容也好文字也好，看來這個什麼神祕設施，肯定是找人麻煩的外掛日本人的建築物吧。

「喂阿克婭。我看爆殺魔人不用猜也是外掛日本人搞出來的吧。一定是那個傢伙製造出來，紅魔族幫它取了名字對吧。我從以前就這麼覺得，這個世界的那些難搞的問題多半都是妳害的吧？」

「你說的那是什麼話啊臭尼特。明明就是沒常識的日本人害的，又不是我的問題。我只是給他們力量再送他們上路而已。明明只是這樣，他們卻一下給怪物取奇怪的名字，一下改變生態系統，一下又讓奇怪的詞彙和文化流行起來，真希望日本人可以自重一點。」

我覺得是送人來異世界的管理者挑錯人了耶。

「你們兩個不要再說那種我聽不太懂的話了，我們快點進去裡面吧。裡面有各式各樣的陷阱，你們要小心喔。」

「有陷阱的話包在我身上。現在正是我為了這種狀況而學的，發現陷阱技能發揮作用的時候。」

「和真先生真的是雖然不會大放異彩，但是很搔得到癢處的人呢。」

「吵死了。」

沒有理會搞不懂是不是在誇獎我的阿克婭，來到設施前方的我們……

在惠惠的警告發言之下停下了腳步。

「首先是第一個陷阱。這扇門會突然打開，不過那是讓人失去戒心的陷阱，請小心。先假裝親切，隔了一拍門就會關起來。」

……設置在那裡的，只是非常普通的玻璃自動門。

警告過我們之後，惠惠用法杖的前端在門前敲了敲。

「吶和真，這個設施的陷阱交給我處理好了。」

「喂妳很賊耶。我也想讓惠惠看見我華麗地避開陷阱，好好炫耀一下啊。」

「你們兩個別大意！前面那一區特別危險！」

看在異世界人眼中，地球的各項便利設備似乎都是陷阱。

終於，我們三個在一臉認真的惠惠的帶領之下，進入設施當中——

『前方是無塵室。請換上防塵服。』

「和真、阿克婭，你們聽到了嗎？剛才的神祕語音是警告。意思是要繼續前進的話必須得到一種叫防塵服的裝備。其實只要走進前面的小房間，就會噴出猛烈的風。現在確實只會噴出普通的風，但是根據推測，那以前恐怕是為了阻止沒有防塵服的入侵者，用來噴灑毒氣的裝置……」

「我想，那應該是避免夾帶灰塵進去無塵室的空氣浴塵室。」

「和真先生和真先生，我總覺得惠惠這樣好可愛喔。要是現場有電視的話，惠惠的反應一定很棒。」

在進入無塵室之前的小房間內，大概是想保護我們吧，惠惠為了擋住噴出來的風而壓住風嘴。

進入無塵室裡面之後，我們看見的是好幾條輸送帶，看起來似乎是某種大型的機械裝置……

「那正是製造出許多受害者的恐怖陷阱。踏上這裡的人會被關進裡面遭到捕食，是一種窮凶極惡的陷阱。現在已經遭到討伐了，不過你們還是不可以大意喔。」

「我想應該是某種組裝機，但是已經被弄壞了。」

「上面寫著『Game Girl生產線』耶。」

聽了我和阿克婭的對話，惠惠倒抽了一口氣。

「換句話說，這個會利用關進去的東西製造出某種東西來嘍……製造出來的東西，該不會是我們紅魔族吧……？和真，我現在可能正在逼近不應該接觸的真理……」

「我想這個製造出來的是玩具。」

「就是之前在機庫裡找到的那個玩具。」

面對如此秒答的我們，惠惠帶著略顯失落的眼神表示：

「你們兩個不用那麼顧慮我。我們是經由人類之手打造出來的，違背神明旨意的人造種族……我們的祖先，一定是在這裡被製造出來的吧……」

「以阿克婭之名，我可以允許搞笑種族的存在喔。誰教紅魔族那麼逗趣。」

「請不要說我們是搞笑種族！」

這時，我不經意地看見設備後方有一台小巧的機械。

我靠過去一看——

「喂阿克婭，是轉蛋機！這種地方居然有轉蛋機耶！」

「哎呀真的耶，裡面是空的，不過真的是轉蛋機。」

放在那裡的是一台轉蛋機。

「你們知道那個箱子是什麼嗎？」

不知道那是什麼東西的惠惠歪著頭問我們。

「這個東西叫轉蛋機，投硬幣進去就會跑出膠囊來。裡面偶爾會有大獎。真不知道為什麼會有這種東西，不過好懷念喔。」

「雖然聽不太懂，不過那應該是給小朋友玩的機械嘍。既然如此，應該和紅魔族誕生的祕密沒什麼關係吧。」

正當我沉浸在滿心感慨當中的時候，對著那個箱子動手動腳的阿克婭好像發現了什麼。

「上面寫著『期間限定，可抽出紅魔族改造權』耶。」

「真的耶。『一獎，試作型Play Scation。二獎，Game Girl Color。三獎，紅魔族改造權』……喂，妳這是在幹嘛？」

惠惠不發一語地動手刮掉文字的部分。

「你們兩個什麼都沒看到。沒意見吧？」

「意見是有不過我知道了。改天要買酒給我喔。」

「妳別湮滅紅魔族的過去好嗎……」

——後來我們繼續在設施內探索，最後還是沒找到和那個什麼爆殺魔人有關的線索。

「要說發現的話，就只有惠惠的祖先是從轉蛋機裡面滾出來的這件事而已了吧……」

「請等一下，你這樣說有語病。請你改口說清楚，至少確實交代滾出來的是改造權。」

靠在我背上的惠惠為了不重要的瑣事如此插嘴。

到頭來，在設施裡面沒有什麼太大的收穫。

回程順便解決了惠惠的慣例之後，我們平安回到惠惠家來。

「我回來了——米米，來吃飯吧。媽媽回來了嗎？」

「姊姊回來了！媽媽說她要進地城，所以今天不會回來！不過金色的姊姊回來了！」

金色的姊姊指的是達克妮絲吧。

芸芸的族長考驗不知道有沒有順利通過？

「米米，關於芸芸的考驗妳有沒有聽說什麼？」

「芸芸說她通過了！可是她哭了！」

……她哭了？

我一邊心想不知道是怎麼回事一邊走進室內，發現達克妮絲在惠惠家的客廳抱著腳坐在地上。

「嗨，達克妮絲，我們回來了——考驗怎麼樣了？聽米米說妳們通過了是吧？」

坐在家裡連燈也沒開，早上還充滿自信的十字騎士。

「…………我受夠紅魔族的考驗了……明天換你去參加……」

她眼中泛淚，以聽起來有氣無力，疲憊不堪的聲音對我這麼說。

第三章 願這片刻的日常充滿安寧！

1

「我原本聽說，考驗的內容一開始是雙關謎題。」

達克妮絲有一搭沒一搭地開了口。

或許是喝了惠惠為她泡的熱茶之後心情比較平靜了吧，她用雙手包著茶杯嘆了口氣。

「我也是這麼聽說的。不過達克妮絲那麼頑強，到底是遭受了怎樣的待遇才會被逼迫成這樣啊？村里的考驗確實相當嚴苛，但也是有兩名紅魔族就應付得了的程度。到底發生什麼事了……？如果妳是遭受了什麼不當的對待，本小姐會去幫妳抗議。」

面對坐在地上的達克妮絲，惠惠像是在哄哭鬧的小孩似的一邊摸著她的頭，一邊溫柔地這麼問她。

「好像是因為出謎題的魔道具被惠惠破壞了好幾個，沒有庫存了……而且紅魔族對於雙關謎題也感到厭倦了，所以他們就說乾脆換成其他的考驗好了……」

「結果是妳害的嘛！」

被我這麼一吐嘈，惠惠便撇開視線。

「所以，他們逼達克妮絲做了什麼？」

「紅魔族說『紅魔族最不可或缺的就是帥氣品味！秀出妳們的報名台詞和姿勢吧！』，要求我和芸芸一起展現帥氣的姿勢和報名台詞直到他們滿意為止……」

算、算妳可憐……

——最後，唯唯那天在地城裡過了一夜，也因為這樣，直到天亮都沒有發生什麼奇怪的問題。

然後……

「今天就交給我吧。」

芸芸來到惠惠家之後，阿克婭劈頭就說出這種令人不安的話。

「交給妳是讓人不太放心，不過既然達克妮絲都變成廢柴了……」

「嗚嗚……我不要再接受那種羞辱了……那和我想要的羞辱不一樣……」

正當依然垂頭喪氣的達克妮絲做出這種有點文不對題的發言時，芸芸東張西望地找著某個人。

「妳要找惠惠的話，她半夜被當成爆炸騷動的嫌犯給帶走了。」

「她在幹什麼啊！還有，和真先生為什麼那麼冷靜啊！」

沒錯，紅魔森林半夜又發生爆炸了。

「那個傢伙搞爆炸或是被警察帶走已經是家常便飯了吧。先別管她了，妳今天要接受第二項考驗對吧？」

「是、是的……我想今天的考驗，應該不會像昨天那樣才對……」

說著，芸芸害羞地低下頭去。

「我可以問一下妳們兩個昨天被逼得擺出怎樣的姿勢，又說了怎樣的台詞嗎？」

「打死我也不會說。」

平常畏畏縮縮的芸芸以斬釘截鐵的堅定口吻拒絕了。

「那、那麼阿克婭小姐，我們走吧！」

「好，妳今天就看我怎麼表現吧。昨天晚上我一直在想帥氣的姿勢和報名台詞，所以沒什麼睡。相對的，成果很值得期待喔。」

「不、不是，我想第二項考驗應該是別的項目……」

儘管相當不安，我們還是目送阿克婭和芸芸兩個人前去接受考驗。

「那麼，我們去接惠惠吧。」

「吶和真，與其每天去接惠惠，你要不要想個方法讓她不被關進牢裡啊？」

2

走在紅魔之里當中，我看見一個好像在哪裡見過的男人。

「喂和真，那不是你的競爭對手嗎？」

看見那個傢伙，達克妮絲胡言亂語了起來。

「百戰百勝的我哪有什麼對手，妳在說什麼啊？不過我好像是在哪裡見過他沒錯……」

「你、你這個傢伙連那個男人都忘了嗎？那傢伙就是那個啊，我記得……應該是……」

「我是御劍！沒想到就連感覺最像樣的達斯堤尼斯家千金都把我給忘了，未免太誇張了吧！」

沒錯，出現在那裡的是持有魔劍的劍術大師——御劍。

「嗨，好久不見了。你還好吧？最近過得怎樣啊？那我們還有事情要忙……」

「等一下！為什麼你一副避之猶恐不及的樣子急著離開啊！」

見我準備離開現場，御劍連忙抓住我的手。

「不為什麼，我和你的交情本來就沒那麼好吧。而且你動不動就找我的碴，難搞得要命。」

「沒、沒有啦，話是這樣說沒錯……應該說你為什麼會在這種地方？以你的力量應該應付不了紅魔之里的怪物吧？」

「因為我的朋友為了成為族長來接受考驗，我是來幫忙她的。應該說，你又怎麼會在這裡啊？」

仔細一看，御劍似乎沒帶跟班來，只有他一個人。

「這個嘛，說這種話或許會讓你覺得我是不是發神經了，不過其實是這樣的，我被神器拋棄了……它留下一張紙條就出外旅行去了……哈哈，你可以笑我胡言亂語沒關係……」

那個踏上旅途的神器我也認識。

但是沒見過埃癸斯的達克妮絲露出在看可憐人的表情說：

「看來你累壞了。這裡好像有溫泉，你去療養一下吧。還有，凡事不要太鑽牛角尖比較好喔。」

「哈哈，這種話當然沒有人會信……其實，我還夢到艾莉絲女神現身將神器託付給我，要我用它拯救這個世界，是非常重要的神器……但是有一天，它留下一張紙條說『現在的你還在依賴魔劍的力量，能力不足以駕馭我。本大爺有身為神器必須去做的事情。在我去做那件事情的這段時間，你就踏上尋找我的旅程吧。你要在過程當中變強！我會一直等著你的。好了，勇者啊，現在正是奮起的時刻！』……內容大概就像這樣……」

那個神器必須做的事情我也知道是什麼。

它來看據說美女如雲的紅魔族了。

「所以，我聽說紅魔族有個優秀的占卜師，便來到這裡請她幫我找那個神器的下落……結果不知道是不是因為占卜師小姐也覺得我在開什麼愚蠢的玩笑，居然說『它在附近的酒吧性騷擾女服務生』這樣調侃我……」

那位小姐的占卜很準啊。

「也罷，我的問題不重要。女神賜給我的神器想要考驗我，所以我也不覺得能夠輕鬆找到。更重要的是，既然都在這裡遇見你了，我要給你一個忠告。」

正當我在猶豫要不要告訴他埃癸斯的現況時，御劍的表情忽然認真了起來。

「魔王軍的幹部好像盯上阿克塞爾了。不，不僅如此，說是整個魔王軍都盯上那裡了比較正確。不知道他們是想摧毀那個城鎮，還是盯上你，又或者是盯上阿克婭大人……目前還不清楚他們的目的是什麼，不過如果你不放心的話，就應該躲在這個村子或是王都。」

說完，御劍轉過身去。

「要打倒你的人是我。要是你輸給魔王那種貨色我可就傷腦筋了。下次我一定會贏。到時候，阿克婭大人就是——」

他露出決心堅定的表情，展現出有模有樣的背影，就此離去——

「……吶達克妮絲，我被那個傢伙當成目標了耶，現在的我應該有點主角風範了吧？」

「怎麼想都是對方比較像勇者。」

——我們目送御劍離開之後。

「好了，我們該去接惠惠——」

「……吶、和真。我們確實是該去接她沒錯，不過要不要先在附近稍微散步一下啊？你還記得吧，我們在阿爾坎雷堤亞的時候，不也一起在鎮上閒晃過嗎？」

我表示要去接惠惠的時候，達克妮絲突然對我這麼說。

「妳想散步是無所謂，只是如果被惠惠知道我們丟下她自己去玩的話，我可不知道她會對我們做出什麼來喔。」

應該說，要散步的話，帶著惠惠三個人一起散步也可以吧……

「沒、沒有啦，我只是想說，偶爾享受一下類似約會的感覺……」

說到後半，達克妮絲的聲音越來越小……

約會。約會是吧……

「仔細想想，我從出生到現在，好像沒有正常約會過。」

「是、是吧！不，光是一起上街散步也算是約會沒錯，不過該怎麼說呢，我更嚮往的是像戀愛小說裡面那樣，盛裝打扮，約好碰面的地方，在約好的時間之前就已經到了之類的那種正式的約會——！」

滔滔不絕地說完之後，主動說出這些的達克妮絲反而自己臉紅了。

「妳偶爾也有很少女的一面嘛。如果從我們剛認識的時候妳就一直是這種大家閨秀的感覺，我大概三兩下就會被妳攻陷了吧。」

「咦咦！是、是這樣嗎？……我原本覺得大貴族家的千金和少女情懷搭不起來，所以才一直沒有表現出來……這、這樣啊……」

我想說的不是少女情懷的部分，而是藏好自己的性癖，表現得正常一點的意思，不過算了。

「吶、吶和真，今天的天氣真好！」

「這個地區的氣候好像是紅魔族用魔法隨時控制在晴天的樣子。」

總是萬里無雲的紅魔之里正適合散步。

雖然還是有濫用魔法之嫌，不過紅魔族的法力真是了得。

「和真你看，有貓在那邊的柵欄上睡午覺呢！真是個和平的好村里啊！」

「聽說柵欄上的貓是紅魔族的使魔。牠們隨時都在監視村里周遭的狀況。」

見達克妮絲與高采烈地指著貓，我就告訴她一個小知識。

「快看，有個老人家在那種地方悠閒地垂釣……」

「喔喔，那是在用活餌引誘棲息在河裡的怪物聚集過來。然後，他再透過垂進河裡的鋼絲施展電擊系的魔法，藉此練等。」

直到剛才都還很興奮的達克妮絲，表情慢慢變得越來越平淡。

「……和真，我覺得這個村里不太適合約會……」

「因為這裡是紅魔族那群武鬥派住的地方嘛。怎麼，妳就那麼想約會嗎？」

走在我身旁的達克妮絲猛然轉過頭來。

「那當然了！應該說你這個傢伙釣到魚之後都不餵的！」

「喂，我可不記得自己有釣過妳喔！我只不過是稍微幫了妳一下，誰知道妳就擅自喜歡上我了！」

面對這突如其來的栽贓，我嚴正抗議。

然而，對於達克妮絲而言，我的發言似乎是不該說的話。

「擅、擅自！什麼叫作我擅自喜歡上你啊！我決定要嫁給阿爾達普的時候，你甚至闖進來大鬧結婚典禮！而且還在大庭廣眾之下散盡所有財產，當眾宣稱買下我了，現在竟然說我擅自喜歡上你！」

「妳、妳這樣說我也無可奈何啊！我就是這麼帥，就是只會大放異彩，我也無可奈何啊！太帥是我不對，表現得太過出色我也願意道歉！這樣確實是正常人都會煞到我沒錯！」

對於我羞成怒的自吹自擂，達克妮絲表示：

「什麼大放異彩啊，你少得意忘形了！會煞到你這種廢渣男的，只有像我和惠惠這種怪胎而已！」

「妳到底是喜歡我還是討厭我說清楚好嗎！喜歡我的話就多稱讚我一點！回到阿克塞爾可是有支持者在等著我的喔！」

聽我這麼說，達克妮絲以狐疑的眼神看著我。

「你該不會是把那件事當真了吧？反正那一定是想要你的財產，或是借你的名聲沾光的壞胚子。我說這種話好像也不太對，不過你怎麼可能有什麼支持者。」

「吵、吵死了！除了不太工作以外，我也算是還不錯的優質對象好嗎！」

「不工作是致命性的缺點吧！」

正當我和達克妮絲彼此爭論的時候。

「如果和真不工作了，我就算種田也會養他喔。」

「惠惠太好說話了！就是這樣這個男人才會一直墮落下去！」

「妳以前不是說過自己喜歡的類型是不工作的廢渣男嗎！」

…………

「人家被關在牢裡的時候你們兩個倒是玩得很開心嘛。我也可以加入嗎？」

我和達克妮絲轉過頭去，看見惠惠站在眼前。

我和達克妮絲以行雲流水般的動作低頭道歉——

「——我說該去接惠惠了不知道說過多少次，可是達克妮絲她……」

「你、你還不是發牢騷說什麼仔細想想確實沒有正常約會過！不是啦惠惠，我只是因為很久沒有來紅魔之里了，想觀光一下……！」

面對不斷狡辯的我們，惠惠傻眼地看著我們。

「沒有正常約會過是吧。那我們三個人一起約會吧。我帶你們去很少人知道的隱藏名店。」

「我覺得那樣已經不叫約會了……不，沒事……」

明明沒有做什麼虧心事才對，不知為何卻無法反駁的我們。

「那我們先去吃飯吧。帶你們去我以前打工的食堂。」

「「好……」」

就這樣在不知為何開心了起來的惠惠的帶領之下，開始在村裡散步。

「——歡迎光臨！這不是惠惠嗎，好久不見了。妳學了爆裂魔法以外的魔法了嗎？」

「好久不見了，我完全不打算學爆裂魔法以外的魔法喔。有一段時期，我曾經想過要不要也學一下上級魔法，但是這位和真擅自亂動我的卡片，還說什麼爆裂魔法以外的魔法配不上妳，妳應該專注在爆裂道上不斷邁進……」

「我沒說。我可沒說到那麼誇張。」

正當我如此吐嘈擅自捏造的惠惠時，一旁有別的紅魔族說了：

「那真是太好了！哎呀，我們原本還在討論，要是惠惠在那之後學了別的魔法該怎麼辦才好呢。」

「哦。本小姐的爆裂魔法引發大家的熱烈討論是吧！沒錯沒錯，出軌跑去學其他的魔法根本是浪費技能點數！」

「不，我們是在討論惠惠的新稱號。因為紅魔族的第一魔法高手現在已經是雷電轟鳴者——芸芸的稱號了嘛。所以，惠惠就是紅魔族第一的搞笑魔道士……」

惠惠不發一語地發動攻擊。

「夠了，惠惠妳冷靜一點！對方是皮薄血少的大法師，不要動不動就勒人家的脖子！」

「我也是大法師，而且還是女生！讓你們好好見識搞笑魔道士的力量！」

見惠惠開始動粗，圍觀的群眾也開始吆喝了起來。

「我賭搞笑魔道士一萬艾莉絲！」

「我賭吊車尾魔道士三萬艾莉絲！」

「我賭爆裂魔道士五萬艾莉絲！」

「喂，你們要押在我身上是無所謂但是可以不要那樣叫我嗎！只有爆裂魔道士聽起來很帥氣所以還可以容許！很好，你們全部一起放馬過來吧！」

「你們想怎樣我不管，但是到外面去搞！」

——被趕出食堂的我們，決定回惠惠家吃飯。

「你們兩個還好嗎？真是的，居然找紅魔族打架，未免也太魯莽了吧？」

「第一個衝上去攻擊人家的妳沒資格說這種話吧。不過，偶爾像這樣打個架也不錯啊，很有冒險者的感覺。」

由於惠惠連在附近吆喝的人都打，我和達克妮絲心想讓她一個人對付那麼多人也不太對，便也上去助陣。

「嗯，聽見人家奚落自己的同伴是吊車尾、搞笑魔道士還悶不吭聲的話，有損騎士的名譽。而且剛才打得相當精采，我很樂在其中！」

「對付妳的人明明打到一半就哭著說算他輸就是了，要妳放他一馬不是嗎？不要強迫別人配合妳的受虐狂興趣。」

惠惠對著渾身都是瘀青的我們輕輕笑著說：

「對於紅魔族而言，吊車尾這個詞彙也帶有激勵的含意就是了。被譏諷為吊車尾的人必定會覺醒，這是千古不變的定律喔。」

「說起來這確實是常見的橋段沒錯啦……不過我真的無法理解你們紅魔族的感性。」

正當我們一邊聊著這些，一邊朝惠惠家前進時，一名似曾相識的少女向我們搭話：

「前面那個人不是惠惠嗎，好久不見了。」

「有夠會啊，總是窩在家裡的妳怎麼會在外面，還真難得。妳現在還是立志成為作家的尼特嗎？」

出現的是各個部位都發育得非常不錯，戴著眼罩的女孩。

「我、我才不是尼特，我是小說家！紅魔族的報紙也是我在弄的，最近我還出書了！這些都有錢可以拿，所以我不是尼特！」

「我、我知道了，妳不要扯我的眼罩！現在是想把妳送我的東西扯壞嗎！」

一邊拉扯惠惠的眼罩一邊抗議的，是叫什麼有夠會的麻煩傢伙。

我記得她之前曾經把我們耍得團團轉。

……沒錯，我慢慢回想起來了！

「喂惠惠，我記得她就是那個寫三流小說，給我們惹了一堆麻煩的怪胎對吧。那個時候的帳我還記得很清楚喔。」

「你是那個之前撕毀我寫的小說的外地人對吧！我才要說呢，那個時候的帳我也記得很清楚！」

有夠會的眼睛發出紅光，激動了起來。

「小說家和尼特也不過就是一線之隔罷了。」

「我好歹也是紅魔族喔，惹我生氣小心上級魔法射過去！」

「你們明明沒見過幾次面，為什麼還一見面就吵架啊！兩個都冷靜一點！」

惠惠一邊把揪住我的有夠會拉開，一邊如此制止。

「妳是惠惠的同學嗎？我叫達克妮絲，和惠惠是同一個小隊的成員。待在村裡的這段期間，還請妳多多指教。」

說完，達克妮絲一邊微笑，一邊伸出一隻手。

「我是紅魔族第一的小說家，有夠會。這位大姊姊看起來很有常識，我放心了。我才要請妳多多指教。」

有夠會也露出溫柔的笑容，應對的態度和面對我的時候正好相反。

「喂，妳對待我們兩個的態度差那麼多是怎樣？還有，那種誇張的報名方式妳怎麼不用？在自稱紅魔族第一之前，妳先說說看村子裡有幾個作家啊。」

「既然是惠惠的同伴，基本上我當然是以友好的態度對待啊，這是理所當然的吧？只要不像你那樣有所危害，自然就是這樣。還有，關於作家的人數我要保持緘默。」

自稱是作家的少女——有夠會，面不改色地這麼說。

「這麼說來，我這次來到這個村子之後，還沒聽到紅魔族那套誇張的報名台詞呢。」

「報名台詞基本上只會對第一次見面的人秀一次而已。順便告訴你，我不會對你來那套。總覺得你會藉機嗆我。」

沒想到這個傢伙的直覺還挺敏銳的。

「聽說惠惠有男人了，我想不用猜也是這個人對吧？我不會害妳的，現在回去跑芸芸路線還不遲。」

「這個眼罩女孩是怎樣，我可以把妳剛才的發言當成是在對我宣戰沒問題吧？妳剛才說妳有出書是吧。要是書店擺了妳的書，我就重新擺到別的書底下去。」

聽我這麼說，有夠會的眉毛逐漸倒豎……

「惠惠，這個男人不行！絕對不行！我現在就幫妳當場燒燬！」

「喔，想動手是吧？我的偷竊技能比較特別，做好眼罩或內褲會不見的心理準備吧！」

「你們兩個不要動不動就吵架好嗎，想動手的話我樂意奉陪！我可是高等級的大法師，不要以為兩個尼特贏得了我！」

「「我、我才不是尼特！」」

3

當天晚上。

「嗚哇啊啊啊啊啊啊！噗哇啊啊啊啊啊！啊啊啊啊啊啊啊啊啊！」

正當我在惠惠家吃飽撐著的時候，阿克婭哭著回來了。

我對雙手撐在地板上不住哭喊的阿克婭說：

「怎麼了，妳的人生又不缺汙點，事到如今擺個丟臉的姿勢對妳而言應該也用不著哭才對啊。到底發生什麼事了？」

……這時，我仔細一看，發現正在哭的阿克婭渾身泥濘。

「嗚、嗚……今天的考驗，他們說『紅魔族需要的是機運。妳們兩位必須不斷挑戰，直到選出正確的門為止』，叫我們朝門衝過去……」

算、算妳可憐……

聽起來應該是那個吧，在日本的電視節目當中經常看到的，錯誤的門後面是一池泥濘的那種關卡吧。

偏偏碰上試運氣的項目，那對阿克婭而言是最無法發揮的類型了吧。

「就算是這樣，妳們姑且還是通過考驗了吧？妳很努力了，現在先去洗澡吧。我會趁妳洗澡的時間，用料理技能幫妳做高級的下酒菜。」

「……我想吃鹽漬海鮮……」

在我目送著點了平民美食下酒菜的阿克婭前往浴室的時候。

「……惠惠的母親大人。那個，今、今晚……」

達克妮絲不知道在幹什麼，看著我們這邊欲言又止，一副難以啟齒的樣子。

「什麼惠惠的母親大人啊，別叫得那麼生疏，叫我唯唯吧。所以說今晚有什麼事？瞧達克妮絲小姐一臉很想要的樣子。」

「一臉很想要！不、不是，我是想請妳今晚別讓和真和惠惠一起睡……」

或許是因為白天約會的餘韻吧，達克妮絲採取了輕微的抵抗行動。
「為什麼？因為達克妮絲小姐自己想私通嗎？」
「私通！不是，我沒有那個意思！只是因為白天發生了一些事情，想到在這種日子他們兩個還是同床共枕，就讓我有種自己被疏遠的感覺……」
說完，達克妮絲偷瞄了我幾眼，一副想要我幫腔的樣子……
看著這樣的我，惠惠歪著頭問：
「你們有怎樣嗎？」
「沒怎樣啊，不過是達克妮絲自己一頭熱罷了。」
「你……！喂和真，我們都已經約過會了你還說這種話未免……！」
達克妮絲試圖阻止我們兩個，但是話還沒說完，唯唯已經在她身後詠唱魔法——
「——呀呼，十四歲女生的床耶！」
「你這個男人！為什麼你老是要把這種話說出口啊！」
我們沒有理會睡得香甜的達克妮絲，做好下酒菜之後，很快就窩回房間裡來。
「這可是十四歲的床耶？不是十五歲而是十四歲喔。這是非常重要的事情，所以我才想親口說出來。」

「我不懂哪裡有什麼不同，女生的床還不是都一樣……」

我一進到房間就跳上惠惠的床，在上面滾來滾去。

「也罷，要是開始討論這件事的話講到天亮也討論不完，這個話題改天再說吧。」

「我從很久以前就在想，和真該不會是蘿莉控吧？因為我還小才喜歡上我之類的，事情應該不是這樣吧？」

惠惠冷眼看著躺在床上的我。

「沒有禮貌的傢伙，我喜歡的確實是大的那邊無誤。達克妮絲那個大小的胸部，才是我的理想型。」

「我並不想聽你具體的理想是多大，不過只要不是蘿莉控就好……因為愛麗絲和米米黏著你的時候你都很開心，害我有點不安……」

那是因為我喜歡妹妹型的，並不是因為我喜歡小朋友。

「這個嘛，要是開始討論這方面的問題會引發戰爭，所以這個話題也改天再說吧。」

「這、這樣啊……既然如此就算了。那麼，反正我們也沒事做，還是早點睡覺吧。」

惠惠這麼說完，便從離我稍有距離的地方，鑽進偏大的床的邊緣。

…………

「吶，妳為什麼要睡在離我那麼遠的地方啊？我們都已經是睡過手臂也睡過胸口的關係了，應該用不著顧慮那麼多了吧？」

「也沒那麼不用顧慮，要是和我黏在一起的話和真不就又得忍耐了。我這是在避免讓你想太多。」

咦咦……

「從要睡同一間房間那一刻我就開始想了，所以已經太遲了。」

「男人還真的滿腦子都是那檔子事呢！反正一定又會中途受到阻撓所以我不會採取任何行動喔！」

她是說我中的那個必定受到阻撓的詛咒啊。

前幾天我也叫堅稱我沒有中那種詛咒的阿克婭對我施展了好幾次「Break Spell」魔法。

不過還是沒有產生任何變化，這就表示……

「我中的無法跨越最後一道界線的詛咒可能是魔王搞的鬼的，才會連阿克婭都無法解除……」

「那魔王未免也太沒事幹又太無聊了吧。再怎麼說，讓魔王背負更多誹謗中傷也太可憐了喔。」

雖然惠惠這麼說，但如果我中的真的是魔王的詛咒，那我也有不惜前去討伐魔王的覺悟。

這時，就在我這麼想的時候

一個冰涼而柔軟的東西包住了我的右手。

看來，似乎是惠惠在棉被裡握住了我的手。

「只是牽個手而已應該還好吧？這樣不會讓你慾火焚身吧？」

說著，惠惠害羞地露出苦笑。

她大概是因為我對於距離太開而表示不滿，才做出這種貼心之舉吧，不過……

「怎麼可能不會，妳在說什麼啊？」

「只是牽個手耶！不，我心裡也是小鹿亂撞，但真要說的話這比較有安心的感覺吧！」

很不懂耶，這個傢伙什麼都不懂。

「為了不甘寂寞的惠惠我今天晚上就讓妳牽著手睡覺，不過妳真的要小心喔。妳可別對除了我以外的人做出這種舉動，這樣肯定會讓人會錯意而對妳餓虎撲羊。」

「我才不會和除了你以外的人面臨這種狀況呢！幹嘛說得一副『幸好我夠紳士妳才沒事』的樣子啊！」

惠惠嘴上這麼說，手上還是用力捏了幾下。

「痛痛痛痛，喂會痛啦！妳的等級比我高，小心一點好不好！孱弱如我的手沒兩下就會被妳折斷！」

「再怎麼樣我的握力也沒那麼強！應該說和真也差不多該練等了吧，你要討伐多少怪物我都願意奉陪。」

練等啊……

「話雖如此，妳應該不懂等級提升了能力值卻沒有成長的悲哀吧？最近除了運氣以外的數值已經幾乎都不會成長了喔。光是多出技能點數就已經很賺了是沒錯，但是身為尼特的我也沒有太多技能想學，所以實在沒有什麼動力支持我去練等……」

「能力值已經接近上限了是嗎……對了，昂貴的魔藥當中也有能夠提升能力值的東西喔！打倒怪物多賺點錢，靠那種魔藥變強也是一種辦法……」

「那種魔藥與其給我用，不如給原本就有才能的人用還比較好吧？昂貴的魔藥數量應該有限吧？」

聽了我的正當言論，惠惠瞬間沉默了一下。

「……至、至少弄些更好一點的裝備……」

「我力氣不夠所以能裝備的東西也有限。」

惠惠牽著我的手從原本的緊握變成了撫摸，像是在安慰我的手勢。

「……妳這是在同情我對吧。」

「不、不是。如果有什麼我能幫的事情儘管說喔。要是被別人欺負了也要告訴我喔。我平常只要發現有冒險者說和真很弱我都不會放過，一定會找對方打架好好教訓他之後，再嗆他說你還比較弱……」

「喂妳別做那種事情喔！難怪有不認識的冒險者語帶調侃地說我是要靠女生保護的雜碎真先生，原來就是妳害的！」

她表現得像隻瘋狗這點一直都沒變，不過真希望她可以想想幫她收拾善後的我是怎樣的心情。

這時，不知為何，惠惠的嘴角變成了微笑的形狀。

「可是，和真和達克妮絲白天在我被說是吊車尾的時候，不也為我動怒了嗎？為什麼就只有我不可以在你被瞧不起的時候生氣啊？」

然後像是在調侃我似的。

同時又隱約有點開心地對我這麼說。

……這個嘛，事情才剛發生，妳現在拿出來講我也不知道該怎麼辦……

「你們兩個在我打架的時候跳了進來，讓我很高興喔。要是沒有你們的話，我一個人也對付不了那麼多人，早就輸了。我原本還想說如果我打輸了，就要每天晚上去那個時候調侃我的那些人家裡，一個一個還以顏色……」

那個時候我們有加入戰局真是太好了。

「所以，芸芸明天的考驗要由誰擔任搭檔啊？不同於玩票性質比較重的前兩個，最後一項是來真的。身為改造人的紅魔族最需要的，就是在任何戰場都能夠活下去的生存能力。最後一個考驗是要在棲息著危險怪物的紅魔森林當中，平安無事地活過一個晚上。」

「……突然就來這種要人命的項目啊。配達克妮絲的話會缺乏攻擊手段，要是芸芸耗盡魔力就慘了。如果把阿克婭丟進夜晚的森林裡，我想大概也只是吸引不死怪物而已……」

不同於一開始那兩個像是在搞笑的項目，突然充滿考驗的感覺了。

「我姑且把話說在前頭，既然忍忍還在附近遊蕩，黑髮黑眼的和真就不可以參加喔。」

「……明天我們到處找找，看有沒有紅魔族願意當芸芸的搭檔好了……」

「幹嘛搞得像是想拜託人家和她當朋友似的，又不是賭輸了在玩大冒險，小心芸芸被弄哭。」

話雖如此，既然沒有別的方法可想，還是只能由我出馬了吧。

只要一邊用感應敵人技能搜索敵人一邊使用潛伏技能，應該有辦法撐過一整晚吧。

這時，惠惠似乎從我沉思的表情當中察覺到了什麼。

「真的不可以喔。對方可是爆殺魔人。要是不小心碰上了被炸得屍骨無存的話，就連想復活都沒辦法。」

「話雖如此，這樣就沒有人可以和芸芸搭檔了啊。妳還不是為了讓她當上族長而隱瞞爆殺魔人的情報，以免考驗被取消嗎？」

沒錯，這個傢伙每天像說好的一樣被關進牢裡，都是為了她的摯友。

「……才不是呢。我不是說了嗎，瞞著大家是為了搶先打倒忍忍，自己搶走族長的寶座。」

「喔，開始耍傲嬌了，」

我如此調侃不肯乖乖承認的惠惠。

這時，惠惠忽然抬起頭來。

「……芸芸的確是重要的朋友沒錯。為了紅魔族著想，與其由不打算離開阿克塞爾的我，或是其他沒有幹勁的族人們來擔任族長，那個孩子才是最適合的人選。但是……」

她以紅色的眼睛注視著我，同時說了：

「看見你為了我以外的人賭命，總覺得有點嫉妒。」

……

…………

……………

「有點反應好不好，害我很害羞耶！」

「該害羞的是我好不好！妳在說什麼啊！害我的臉都紅到發燙了，別這樣好嗎！」

原本凝視著彼此的我們連手都放開了，猛然轉向反方向。

「總而言之，和真明天不可以參加喔！」

「我知道了啦真是的，既然妳都那麼熱情地懇求我了，我不參加就是了。我會想個別的方法。」

「有那麼熱情嗎！好啦我是不會說那不算熱情啦！真是夠了，明天也要早起所以還是快點睡吧！」

說完，大概是為了掩飾害羞吧，惠惠把被子拉高到把臉都遮住了。

而我對這樣的惠惠表示……

「喂，我們今晚不是要牽手睡覺嗎。我想和十四歲的女生握著手睡一整晚。」

「你這個男人真的很會破壞氣氛耶！」

4

隔天早上。

昨天那麼為摯友和族人著想的惠惠……

「可惡，愚蠢的紅魔族！當心吾之力量為這個村里帶來破滅！」

現在正和闖進家裡的守望相助隊展開了大亂鬥。

「昨天把妳從牢裡放出來的時候，我說過下次妳要是再引發爆炸騷動，就要把妳關在牢裡直到族長考驗為止對吧，惠惠！我要遵照宣告，讓妳在裡面乖乖待到考驗結束為止！唔、我的等級也很高，別以為妳每次掐得到我的脖子……」

「她開始詠唱了！摀住她，快摀住惠惠的嘴！」

「她力氣也很大，大家要當心！把她當成凶惡的猛獸來應付！」

「啊啊啊綠花椰宰！喂快把惠惠的手拉開，綠花椰宰口吐白沫了！」

面對激烈抵抗的高等級惠惠，守望相助隊的成員們也有點受制於她。

包括達克妮絲在內，我看這些傢伙可能徒手戰鬥還比較派得上用場吧。

「芸芸！在我被關進牢裡的這段時間內，想接受最後的考驗還是怎樣都隨便妳！不過，妳可別以為這樣就贏了！要是我從牢裡出來的時候妳還沒成為下一屆的族長，族長寶座就是我的了！」

「惠惠，快放開綠花椰宰！不然他就需要復活魔法了！」

於是我轉頭面對看著惠惠被帶走而茫然若失的芸芸。

「事情就是這樣，關於芸芸最後的考驗……」

「我絕對不要。」

「我、我……就是……嗚嗚……」

「你們三個真的無所謂嗎！惠惠又被帶走了耶！」

芸芸好像有話想說，不過這個狀況早就是司空見慣了。

言歸正傳，阿克婭秒速拒絕，達克妮絲也是欲言又止，不過也不能怪她們兩個想拒絕。

畢竟最後的考驗在惡名昭彰的紅魔族的考驗當中，也是難度特別高的一項。

「……第一項考驗是由我擔任芸芸的搭檔。而第二項考驗是由阿克婭擔任。既然如此，第三項考驗就由我們的隊長和真出馬如何？」

「達克妮絲難得說了一句中聽的話呢。也對，這次就交給還沒派上任何用場的和真先生好了，不然只有他一個會被當成空氣。」

對於達克妮絲的提議，阿克婭也立即附議。

「很遺憾的我無法參加。因為莫古忍忍會跑出來。」

「所以說那個莫古忍忍到底是什麼啊！」

這句話應該去找取了那種名字的紅魔族說才對。

「不是啊，我個人是非常想接受考驗啦，可是惠惠都那樣阻止我了，我還硬是要參加而害她擔心的話也不太好。我也知道，如果由我擔任搭檔的話保證考得過啦……」

「啊啊啊啊……可是我只剩下和真先生了，已經沒有別人可以靠了……」

面對哭喪著臉如此訴說的芸芸，我點了一下頭之後表示：

「我還知道那麼一個人選，包妳能夠確實通過考驗。」

「——這位是神器埃癸斯同學。」

『我就是承蒙這位先生介紹的埃癸斯同學。興趣是幫女生評分，專長是嗆人。水水們安安喔。』

「呃、呃呃……你、你好？」

我介紹給芸芸認識的，是能歌善舞的神器埃癸斯。

「神、神器……？喂和真，這是怎麼回事？你說這位穿著全身鎧的先生是神器？」

長舌的全身鎧對看著它露出略顯困惑的表情的達克妮絲說：

『哎呀？我好像見過這位金髮小妞。我想起來了，妳是那個參加選美比賽，身材性感到不行的女生！嗨妹子，我是埃癸斯。妳身上穿的鎧甲還真不錯呢。咱們一起幫對方擦鎧甲如何啊？』

「這個下流的鎧甲男是怎樣！和真，這種東西真的是神器嗎！」

「別問我，問阿克婭啊，而且它本人也自稱是神器。」

阿克婭一臉沒想到會被我點到的樣子這麼說了：

「等一下和真，我不認得這種東西。可以不要把什麼事情都怪到我頭上來嗎？」

『嗯嗯？我總覺得好像在哪裡見過妳。明明是個美女但是我完全沒有任何反應。這位小姐，妳是人類嗎？還是男人？應該沒有帶把吧？』

聽他們兩個開始演這種鬧劇，我差點脫口說出你們兩個肯定認識。

正當沒有被異性雷達偵測到的阿克婭不斷輕踹埃癸斯的時候，芸芸歪著頭問：

「你說和這位埃癸斯先生一起參加，就能夠確實通過考驗？」

「這傢伙不吃任何技能和魔法，而且好像全身都是奧利哈爾康打造的。最後的考驗是在森林裡面撐一個晚上對吧？這個傢伙比達克妮絲還要耐打，更以無敵的防禦著稱，我想應該可行才對。」

埃癸斯是自立型神器。

就算到了深夜也不需要守夜人，即使遭到偷襲這個傢伙也不成問題。

『你們想叫我做什麼？抱歉了，我今天忙著去紅魔族的混浴溫泉冒充擺飾品。我得暗中保護毫無防備的裸體小姐們才行。』

「姑且先告訴你，那個澡堂既不是混浴也沒有什麼特別的。」

『耍人啊。』

這時，達克妮絲用力拉了拉我的袖子。

「和真，這個東西真的派得上用場嗎？它看起來確實很堅固，但是要讓它和芸芸兩個人獨處害我擔心到不行。」

『這我可不能假裝沒聽到。妳懷疑我的力量嗎？既然如此，妳親自確認看看好了。東西好不好，試用過就知道。裝備過我之後，小心無法接受別的鎧甲喔。』

或許是出自身為鎧甲的尊嚴吧，埃癸斯充滿自信地這麼說。

「嗯……好吧，既然你都說成那樣了，我就試試看吧。關於鎧甲，我也是小有研究。」

『這樣就對了。不過，之後妳可別大聲哭吼喔。畢竟我的形狀會配合持有者的身體而產生變化，確實貼合，以便隨時發揮最棒的性能。』

他們兩個自己越講越熱烈，不知為何搞得像是要對決一樣。

「換句話說，就和量身打造的一樣嗎！這下值得期待了，倒是你可別讓我失望喔。」

『那妳先脫光吧。雖然妳可能會害羞，不過連內衣褲也要脫。為了讓我發揮最好的表現，這也是無可奈何的事情。』

…………

「這、這樣啊？嗚……也、也罷，對方是鎧甲，是金屬。我太介意反而奇怪吧……那我去一下那邊……」

「以前你讓艾莉斯女神進去的時候，形狀明明就沒有改變。」

『不可以說！這個孩子看起來這麼好騙，應該就差一步了！』

「我、我拆了你！」

正當暴怒的達克妮絲開始和阿克婭一起踹埃癸斯的時候。

「不、不好意思！我有事想拜託埃癸斯先生！」

『什麼事啊，胸部發育不錯的小妹妹？有事妳就說說看啊？』

一臉認真的芸芸站到埃癸斯面前，儘管因為它自然而然的性騷擾而面紅耳赤，卻還是開了口：

「能、能不能請你和我一起接受考驗呢！」

『那算是某種類似約會的邀約嗎？如妳所見我很忙的。可以先幫我阻止這位肉感的小姐嗎？』

「芸芸，別找這個傢伙！我們想個別的方法吧，比方說，雖然有點奸詐，不過由和真和阿克婭跟我輪流去幫你之類！」

聽達克妮絲這麼說，阿克婭對我耳語：

「吶和真，我看你還是再收斂一點好了。你看那個以前那麼老實又純真的千金大小姐，現在會說這種話了耶。」

「喂，別怪到我頭上來喔。最近這個傢伙也開始懂得動用權力了，我看她是學會貴族的長才了吧。」

「你們兩個少囉嗦！打從一開始，我們不就在每次考驗都更換搭檔了嗎，難道有規定說不可以在考驗當中更換搭檔嗎？如果沒有的話……」

在達克妮絲如此說服芸芸的時候，阿克婭再次說起悄悄話……

「吶和真，達克妮絲終於像你一樣掰起歪理來了。」

「喂，無論幾次我都要說，別怪到我頭上來。我可沒有這麼墮落。」

而芸芸對著淚眼瞪著我和阿克婭的達克妮絲表示：

「……不，我想好好接受考驗。然後，這次我一定要對惠惠……！」

最終考驗

成為紅魔族長之人！

最後一項考驗的內容，是在充滿危險怪物的紅魔森林裡面，順利度過一個晚上。

『聰明的我想到了一個好主意！吶小妹妹，妳先把這附近登錄為瞬間移動魔法的目的地，然後到別的城鎮過一個晚上。到了早上再瞬間移動來這裡。最後在大家面前哭著說「晚上的森林好可怕喔……」之類的就結束了，輕鬆如意！』

「和真先生聽了考驗內容之後，也提出了同樣的主意。可是，我不想使詐，想憑實力當上族長……」

『吶，知道自己和那個男人有一樣的想法，讓我受到的打擊還挺大的耶。』

——成為紅魔族之長。

這是從小就沒有值得一提的夢想或是想做的事情的我，唯一一個目標。

測驗魔力和智力的那天，大家都稱讚我，說我不愧是族長女兒，是終將繼承族長之人。

這讓沒有朋友的我非常開心。

而且，更讓我覺得以成為族長為目標是理所當然的事情。

『吶，小妹妹。美少女為什麼都那麼柔軟啊。美少女為什麼都那麼香啊。我乾脆針對這件事情好好研究一下，寫個論文好了。我想這應該會對這個世界成為一股助力才對。』

「我覺得埃癸斯先生愛怎樣就怎樣，不過你為什麼突然說這種話啊？」

我和埃癸斯先生一起朝著紅魔森林的深處前進。

『沒關係，不懂就算了。小妹妹，是不是經常有人說妳很遲鈍啊？或是說妳對別人的好意不太敏感之類。』

「我想應該沒有才對……」

不，正確說來——

『像我這種鎧甲型的神器啊，有人在裡面的時候總是比較安心。妳想想，卸下鎧甲之後裡面跑出美少女！有類似這樣的落差，客人也會比較開心對吧？』

「我不知道你說的客人是什麼意思，不過原來是這樣啊。」

為了因應這個隨時都有可能遭受怪物突襲的情況，我現在待在埃癸斯先生裡面。

「埃癸斯先生。我聽說你是神器，既然如此，你在這種地方遊手好閒可以嗎？神器應該是神明為了打倒魔王而打造出來的東西吧？」

『嗯——？因為那種事情很無聊啊。如果有漂亮小姐被魔王當成玩物的話，我是願意去搭救喔。可是又沒有那種跡象，而且魔王軍的惡魔女孩和怪物女孩也都很有魅力。所以人家無法決定要站在哪一邊。』

神明打造出埃癸斯先生，而且連存在的理由都給了它。

可是這樣的它，卻非常任性。

「我聽說魔王軍的目的是毀滅人類喔。這樣漂亮小姐也都會死掉吧？」

『就是說啊——這樣就傷腦筋了——既然如此，我就專門集合自己喜歡的女生，在自己能力可及的範圍內拯救她們。這樣的話，艾莉絲女神應該也不會生我的氣吧？不行嗎？可是新的主人腦袋太古板了，跟我合不來。』

明明是帶著神器這個重大的使命誕生到這個世界上，它也太自由自在了吧……

『先別說那些了，小妹妹，妳當上族長之後要做什麼？咱們訂個族規，規定紅魔族的長袍的長度只能到胯下五公釐吧。』

「我才不要訂那種規矩，不然上任第一天就會被趕出去了吧！」

當上族長之後要做的事情。

首先，抓一些具備知性的怪物回來，眷養起來之後當我的朋友……

『既然妳都那麼努力想當族長了，一定有什麼不是族長的話絕對無法實現的夢想吧。告訴我一下嘛，是不是紅魔族有什麼天大的祕密啊？』

……………………

「沒有什麼不是族長就辦不到的事情，而且，我連想做的事情都沒有……」

『咦——少騙人了！既然如此妳幹嘛這麼努力啊，過點更開心的生活不是很好嗎？和我一起踏上收集美少女當朋友的旅程如何？』

「好啊！不，美少女的部分我是無所謂，但一起踏上旅程還有收集朋友的部分，倒是不錯……」

不對，事情不是這樣。

我是要當上紅魔族長之人。

這是我從小到大的目標……

『我真沒想到妳會贊同我的想法。你們紅魔族還真是各個都這麼自由自在呢。我看過一個傢伙明明不是冬天卻用魔法凍結湖面大釣公魚，害我驚訝到不行。你們可以把力量用在更有意義的用途上嗎？』

我想埃癸斯先生絕對沒有資格說別人，不過紅魔族都這麼自由自在這句話在我的心裡不斷迴響。

過去，我那厲害的摯友被稱為紅魔族第一的天才，大家都對她的將來寄予期待。

後來，那位摯友完全不把周遭的期待放在心上，追尋自己的夢想，結果淪為被稱為吊車尾的傻瓜。

儘管如此，她每天看起來都很開心，還有了夥伴、朋友，甚至是喜歡的人，我那厲害又傻氣又重要的——

『討厭，馬上就有怪物出現了！小妹妹，妳隨手施展個魔法解決掉吧。要是魔力用完了再告訴我，我埃癸斯先生會好好保護妳的……！』

「包在我身上。我是要成為紅魔族長之人，戰鬥是我最大的專長。」

如果惠惠認真想當族長的話，現在不知道會是什麼情況。

如果除了我以外還有人以當上族長為目標，而且對方還叫我讓出族長寶座的話……

『妳很敢說嘛小妹妹，人家最喜歡像妳這樣的孩子了！第一個敵人是一擊熊先生。人家最討厭牠們了。因為牠們的攻擊很痛。』

「我會盡可能不讓敵人傷到埃癸斯先生的鎧甲！攻擊包在我身上！」

『這個孩子是怎樣，也太可靠了吧。我是第一次讓魔法師進來，該不會我們其實是最佳拍檔吧？吶，小妹妹……不對，我的換帖摯友芸芸啊。這次戰鬥結束之後，我們──』

埃癸斯先生似乎有話想說，不過在那之前……！

「『Inferno』──！」

我已經伸出一隻手，對著出現在眼前的一擊熊發出魔法──！

「……………穿著埃癸斯先生，就沒辦法使用魔法和技能了呢。」

『嗯，是啊。穿上我的魔法師還真是沒用到讓人嚇一跳呢。』

為了逃避眼前的狀況，我對埃癸斯先生說──

「先、先別說這個了，你剛才還沒說完的話是什麼？就是『我們是最佳拍檔？』之後……！我好像聽到什麼換帖摯友之類的！」

『啊啊，抱歉那不重要。更重要的是先設法處理一下熊寶寶吧。』

「不，你明明就有說！至少換帖摯友這幾個字你肯定有說，因為我不可能聽錯！」

『這個孩子是怎樣，我踩到地雷了嗎！吶，妳處理一下熊啦！就算用不了魔法妳還是高等級的大法師對吧！我的防禦力高到誇張，妳想辦法靠這個優勢處理一下啦！』

現在還是別想多餘的事情，專注在打倒眼前的敵人這件事上……！

「對了，現在正是拔出我愛用的匕首……！……啊啊，可是這是我第一次和朋友一起去買的東西，是非常重要的紀念品……」

『行不行啊！這個孩子行不行啊！吶，戰鬥結束之後妳先從我裡面出來好不好？然後我們再重新來過！』

——這次考驗結束之後，這次我一定要對我的競爭對手說，贏的人是我。

然後，在那麼說的同時，我也要說出一直說不出口的事情……

「吾乃芸芸！身為大法師，擅使上級魔法……」

我要告訴她，因為有妳這個朋友在，我才能這麼努力。

告訴她我這個無聊的目標之所以能夠變成重要的目標，都是妳的功勞……

告訴她因為有追尋著比我更遠大，還受到所有人嘲笑的夢想的妳，我才能走到今天這一步……！

告訴她，謝謝妳當我的競爭對手——！

「身為紅魔族第一的魔法高手，乃要成為這個村里族長之人——！」

『牠在啃我！吶牠在啃我了啦小妹妹！妳再不快點人家就要被啃個精光了！』

第四章 讓命中注定的宿敵做出了結！

1

隨著黎明，芸芸帶著一臉倦容回來了。

徹夜響個不停的魔法聲，道盡這次考驗有多麼嚴苛。

據說，芸芸在魔力耗盡之後便進到埃癸斯裡面休息，然後再絞盡恢復後的些許魔力不斷戰鬥。

一般而言，最後的考驗是由兩名紅魔族輪流休息，憑藉強大的魔力和攻擊力強行突破才有辦法撐到最後，難度平衡調整得相當高。

一問之下才知道，芸芸連中級魔法也會用。

對付弱小的敵人就靠消耗比較少的魔法來節省魔力，發揮了驚人的生存能力。

再加上身為神器的埃癸斯不具備攻擊力，芸芸幾乎是一個人克服了考驗，於是——

「族長！族長！」

「我就知道雷電轟鳴者芸芸總有一天辦得到！」

「吶芸芸，我們是朋友對吧！下次我們一起進紅魔森林狩獵吧！」

「今晚是最值得慶賀的日子！最強的族長誕生了！」

決定了紅魔族下一任族長的那天晚上。

在因為戰鬥的疲憊而睡得像一灘爛泥似的芸芸起床的同時，全體紅魔族便在村里的廣場中央辦起了祭典。

「啊哈哈哈哈哈哈哈！吶和真，你看！惠惠變成好幾個了！」

已經完全醉到最高點的阿克婭指著惠惠捧腹大笑。

「沒有好幾個，沒有好幾個啦！阿克婭妳喝太多了！達克妮絲，快阻止阿克婭……」

唯一一個沒喝酒的惠惠向達克妮絲求救——

「達斯堤尼斯家絕不屈服！我對毒的抗性也很強，既然有人向我挑戰我也不會逃避！」

「很好很好！來吧，達克妮絲小姐和我喝吧！如果我輸了，就不會再插手管和真先生和小女的關係了！」

只見滿臉通紅的達克妮絲正在被唯唯勸酒。

大概已經被灌了不少了吧，雖然沒有阿克婭那麼誇張，但她也已經在搖搖晃晃了。

今天是我和惠惠一起睡的最後一個晚上。

看來唯唯是為了讓我們順利跨越最後一道界線，而打算把礙事的達克妮絲灌醉。

「妳乾脆也開喝如何？反正平常嘮叨個沒完的達克妮絲也已經醉成那樣了。」

「嗚嗚……我是很想那麼做啦……」

惠惠平常想喝酒的時候，都因為個頭還很小而被達克妮絲阻止，今天難得表現得不太乾脆。

想裝大人的惠惠，明明總是一副很想喝的樣子……

就在這個時候。

「原來惠惠在這種地方！被我們抓到了！」

不知何時來到我們身邊的紅魔族，軟呼呼和冬冬菇兩個人撲到惠惠身上。

「這、這是在做什麼！妳們兩個都喝醉了嗎！狩獵了眾多強敵的我，等級比妳們兩個還要高喔！等妳們做好被扒成精光的覺悟再放馬過來！」

「陪我們一下啦。而且妳也差不多該老實招出妳和那個人進展到什麼程度了吧！」

「對啊對啊，每次都只會吊人胃口！不然就是露出戀愛少女的表情！最沒有女人味的惠惠為什麼可以走到這一步啊！」

看來她們兩個對於惠惠和我的關係非常好奇。

「沒喝的時候也就算了，這種話題可不是拿來給醉鬼當下酒菜用的！妳們看，黏黏捲和有夠會在那裡，去找她們兩個陪妳們玩！」

「妳很不夠朋友耶！平常都已經不在村子裡了，也理我們一下嘛！」

「對啊對啊，然後最好是介紹男生朋友給我們認識！因為叫芸芸介紹朋友給我們未免對她太殘酷了！」

「妳們兩個醉鬼很難搞耶！芸芸聽到會哭喔！」

在惠惠依然被她們兩個糾纏住的同時，廣場中心有個少女被推擠得比她還要嚴重。

「——族長！族長！」

「族長！族長！」

「等、等一下！我還只是繼任族長！看你們叫得爸爸一臉失落！」

在周圍的紅魔族的歡呼簇擁之下，芸芸儘管紅著臉，卻還是難掩喜悅之色。

而在繼任族長身旁的……

『大家好！我是和繼任族長合而為一的埃癸斯！』

是最愛性騷擾的神器坐鎮在那裡，表現得簡直像是主角。

「埃癸斯先生，別這樣說！只是進去裡面而已！」

『說的也是，只是進去裡面做了很激烈的運動而已。』

對於埃癸斯容易招致誤會的發言，芸芸的爸爸，也就是現任族長勃然大怒。

「到到、到底是怎麼回事！爸爸可沒有教出會對這種無機物以身相許的女兒！」

「你在說什麼啊爸爸！埃癸斯先生也不要把事情說得那麼奇怪……！」

芸芸連忙阻止，但埃癸斯還是繼續搧風點火。

『您的千金聞起來很香，香到不行。還有體溫也很高很溫暖。』

「『Lightning Strike』！」

理智終於斷線的族長忍不住發出魔法。

但是憑空降下的落雷，在埃癸斯的表面被彈開。

『我可以將魔法無效化。不過我能了解爸爸怨嘆的心情！我會忍耐的，請您儘管用盡全力揍我吧！』

「不不不、不准叫我爸爸啊啊啊啊啊！」

族長被這麼一嗆便憑著怒意揍了過去，但理所當然的，對方可是鎧甲。

「唔嗚嗚嗚！我我、我的拳頭……！」

他摀著揍向埃癸斯的拳頭，當場蹲了下去。

『您還好嗎爸爸！不好意思，我是奧利哈爾康製成的！還有令嬡很軟！』

「唔喔喔喔喔喔喔喔！」

「埃癸斯先生，請不要再捉弄爸爸了！」

看見芸芸和族長被那副找人麻煩的鎧甲耍著玩的模樣，原本還在糾纏惠惠的軟呼呼她們放聲大叫。

「冬冬菇妳看，芸芸和那個鎧甲男那麼親密！」

「不會吧！不只惠惠，連那個孩子都來這套！」

在我說出「不，鎧甲裡面空無一物喔」之前，她們兩個已經衝到芸芸身邊去了。

「我問妳，這是怎麼回事！瞧妳一臉乖巧的樣子，該做的事情倒是都沒錯過，還真是了不起啊！」

「平常動不動就朋友東朋友西的，結果倒是不缺男性朋友啊！吶芸芸，我們是朋友對吧！拜託，介紹帥氣的男生給我們認識！」

『好，我知道了小妹妹。別為了我起爭執就是了。』

「我聽不懂妳們兩位在說什麼，先冷靜一點！還有埃癸斯先生也不要進來攪局！」

──儘管被各式各樣的人們虧個沒完，芸芸還是獲得了不少祝福，臉上掛著靦腆的笑，看起來相當開心。

「走吧，阿克婭、達克妮絲，在這種地方睡覺會感冒喔……媽媽也快點起來，要睡回家裡再睡。」

大概是有姊姊的身分所以原本就很會照顧人吧，惠惠開始搖醒醉倒的那幾個人。

「米米，妳是不是吃飽就想睡了？不好意思，我要把媽媽帶回家，幫我一下忙吧。」

「好麻煩喔，把她留在這裡直接回家吧。等一下再叫爸爸過來……」

「米米，就算再怎麼麻煩也不可以把媽媽丟著自己回家！」

在廣場的火堆旁取暖的米米當場窩成一團開始打盹。

惠惠看著這樣的妹妹嘆了口氣，同時大概是放棄把那幾個喝醉的人帶回家了吧，開始在她們身上一一蓋好毛毯。

不久之後，裹著毛毯的醉鬼們開始發出鼾聲，惠惠看著這樣的她們露出苦笑之後，將視線轉往依然被紅魔族們和埃癸斯虧個沒完的芸芸那邊。

我來到遠遠望著芸芸的惠惠身邊。

「妳不用去找芸芸嗎？」

「我現在要是過去找芸芸的話，肯定會被拿來和她比較。原本就已經被叫成搞笑魔道士什麼的了，我何必特地跑去被當成魯蛇呢？話說回來，那個邊緣人居然也會像那樣成為人群的中心啊，真是難得一見的奇景。看來她的努力得到回報了。」

惠惠一副事不關己似的這麼說，並且開心地凝視著在人群中心的芸芸。

「終究還是被她超前了呢。」

儘管嘴上說得很開朗，她的背影卻顯得有些失落……

「……這下妳們之間就分出高下了吧？」

「才沒有這種事呢，只不過是被競爭對手稍微領先了一點罷了。總有一天，我會創建讓紅魔族人人稱羨的功績。我想想……比方說由我們的小隊打倒魔王之類。」

「我絕對不跟妳去喔。無論妳怎麼哭怎麼鬧怎麼鬼吼鬼叫，唯有這件事我絕不答應。」

聽我如此耳提面命。

「那麼，如果打倒了魔王，我願意為你做任何事情。」

…………

「妳剛才說願意為我做任何事情？」

「是啊，任何事情就是任何事情。」

為什麼這個傢伙老是飆這種高速球啊，她是不是只會丟正中直球啊？

「可是惠惠其實還挺好騙的，就算不打倒魔王應該也願意為我做很多事情啊。」

「請不要提什麼好騙不好騙的，我自己也有點介意這件事。以前的我應該沒這麼容易親近別人才對，到底為什麼變成這樣了……」

明明是自己主動誘惑我的，惠惠卻一副相當害羞的樣子，耳朵都紅起來了。

「吶惠惠，妳今天的例行公事應該還沒辦完對吧？」

「是啊。我個人是想在祭典到達最高潮的時候朝空中發射，嚇嚇那些興高采烈的傢伙。」

這個傢伙騷擾人的方式可以再惹人厭一點。

「今天對芸芸而言是難得的大日子，今晚妳就放她一馬吧。」

「正因為是競爭對手的大日子我才打算這麼做啊……」

要是祭典因此取消的話，芸芸大概會哭喔。

惠惠低聲說句那就算了，聳了聳肩，然後又開始遠遠望著自己的競爭對手。

於是，我對這樣的她說：

「吶，我們兩個離開這裡如何？」

「……就那麼想做色色的事情嗎？你這個男人真的是喔……」

「才、才不是呢！」

可惡，這也是素行不良造成的嗎？

而且我還瞬間覺得這樣也不錯，害我覺得自己很窩囊。

「不然離開這裡要做什麼？我們兩個在這個狀況下從這裡消失的話，明天絕對會被虧個沒完吧……」

惠惠顯得有點傷腦筋。

但又不是很排斥地苦笑著。

……挑戰魔王實在不太可能。

不過，至少要幫這個傢伙盡可能縮小被競爭對手領先的幅度才行。

「……？」

看著什麼都不說的我，頭上浮現問號的惠惠歪了頭。

「我們現在就去辦妳的例行公事吧。」

而我只是這麼說，對她笑了一下。

2

紅魔之里周邊，棲息的都是強大的怪物。

而怪物這種東西，原本就是夜行性生物比較強大的樣子。

至於我為什麼會在現在想起這種事情——

「哈哈哈哈哈哈哈！快看啊惠惠，一擊熊變成好幾隻了！」

「沒有好幾隻，沒有好幾隻啦！和真，不用多問也知道你喝了很多對吧！」

是因為我正和惠惠在紅魔之里周邊的森林裡面被怪物追趕。

「我有喝但是我沒醉！所以沒問題、沒問題！」

「你看起來一點也不像是沒問題！如果是平常的和真，遇見一擊熊應該會放聲尖叫才對！」

憑藉著千里眼技能的夜視能力和逃走技能，我牽著惠惠的手華麗地逃跑。

「嘿——嘿——你怕啦大笨熊！我叫和真！有本事就來追我啊！」

「你醉了吧！你其實醉得很厲害對吧！」

「嘎喔喔喔喔喔喔喔喔喔喔！」

對於從後面追上來的毛球。

「『狙擊』！」

「噗喔喔喔喔喔喔喔喔喔！」

我一邊在陰暗的夜色當中奔跑一邊朝背後追擊，展現出如此高難度的特技動作。

「看好了惠惠，這就是英雄和真先生的實力！如何，很帥吧！」

「很帥，我知道很帥，所以請你趕快跑吧！你到底射到哪裡了啊，看牠氣成那樣！」

惠惠的等級果然很高，一直跟得上我，完全不需要擔心。

「看來那隻是公的！我成功射中牠的要害了！」

「有什麼好得意的，看你幹的好事！」

聽我這麼說，惠惠唸唸有詞地開始詠唱。

看來她是打算用一擊熊來完成例行公事。

不過……

「等等，那招不要這麼早用。呵呵，妳這個猴急的傢伙。」

「嗚咕！……噗嘩！為什麼要妨礙我啊，再這樣下去會被追上喔！讓我對那隻一擊熊施法不就好了！要辦我的例行公事的話那已經是非常適合的對手了吧！」

被我的食指輕輕堵住嘴巴的惠惠如此控訴，差點沒哭出來。

「妳的魔法不應該用來對付那種小嘍囉。爆裂魔法是最強魔法。別搞錯使用時機！」

「今晚的和真到底是怎麼了！是不是因為跑步加強了酒精的作用啊！平常你明明都叫我隨便找個目標解決的！應該說，我不施法的話那隻小嘍囉會解決掉我們喔！」

我對著跑在我身旁的惠惠搖了搖手指。

「妳是不是忘記我是誰了啊？沒錯，我就是擁有潛伏技能的和真先生！」

「我們已經完全被發現了好嗎！拜託你快點變回平常的和真吧！」

潛伏技能這一招正如惠惠所說，被敵人發現之後就沒意義了。

不過，這種時候……

「『Create Earth』。」

在深夜的森林裡使用閃光魔法會引來敵人。

我握好手中的乾土……

「『Wind Breath』——！」

「——！」

然後對著已經逼近到背後不遠處的一擊熊，施展出許久未用的攻擊眼睛組合技。

接著，只要趁牠看不見我們的這個空檔……！

「喂，和真……！等——」

——我們在黑暗當中抱在一起，每當對方的呼吸落在彼此身上，身體便微微顫抖。

（呵……妳明明才剛說過願意為我做任何事情，事到如今還緊張什麼啊？）

（我當然會緊張啊！你在耍什麼笨啊！和真是不是笨到沒藥醫了啊！這個緊張是命在旦夕的緊張好嗎！）

「哈呼——哈呼——……！」

一擊熊不住抽動鼻子，尋找牠追丟了的我們。

（怎樣啊惠惠，晚上約會是不是讓人心跳加速啊？）

（我的心跳是很快沒錯！我的心跳從來沒有這麼快過！拜託你閉嘴好不好！）

經過我們附近的一擊熊神經質地嗅個不停。

不過，潛伏技能對嗅覺也能夠發揮作用。

我們就這麼抱在一起動也不動，最後一擊熊終於離開了。

「終究只是野獸啊……還是鬥不過我。」

「如果你平常就有那種自信的話，我們就可以多冒險一點了……」

我解除潛伏技能，使用感應敵人技能探查四周。

「好，走這邊惠惠。這邊有強敵的氣息。」

「不用挑強敵也沒關係啦！你今天晚上到底是怎麼了，以喝醉酒而言也太奇怪了吧！」

奇怪的不是我，而是惠惠吧。

「平常最喜歡強敵的人還敢說。」

「我確實最喜歡強敵沒錯！但是，那是在大家都在，而且和真表現正常的情況下！」

就在這個時候。

一陣急促的呼吸聲從茂密的林蔭當中傳了出來。

同時，一雙閃閃發亮的藍色眼眸筆直凝視著我們。

「貴客上門了啊。好了，接下來的對手能不能讓我滿足呢？」

「別說傻話了準備逃跑吧和真！黑暗中閃爍的藍眸！那是孤傲的狼，森林霸主——芬里爾耶！」

一邊吐著閃爍的白煙，一邊走向這邊的巨大銀狼，絲毫沒有防範我們的意思。

「如果是平常的話我就隨手獵一下賺點零用錢了，可惜你還不夠格當今晚的對手。算你走運，這次就放你一馬吧……」

「我說真的，你那股自信到底是從哪來的啊！牠可是芬里爾喔！牠等於是原本就已經很危險的白狼的升級版怪物，是連資深冒險者碰上了也很有可能滅團的強敵耶！」

聽了我的發言，芬里爾似乎知道我是在挑釁牠，從鼻子噴了口氣表達不開心。

牠每朝我們這邊踏出一步，腳邊的雜草便應聲凍結。

「原來如此，你會用冰是吧。真巧啊，我也會用水和冰。要不要來比一下誰比較厲害啊？」

「和真那種弱小的冰凍魔法根本和人家沒得比啦！夠了，這次我真的要動手解決牠了，你設法爭取時間……」

說完，惠惠正打算開始詠唱，而我把手輕輕放在她的頭上說。

「這裡還沒輪到妳上場。妳那招先保留起來吧。來吧大狗，深夜的舞會開始了！和我一起跳支舞吧！」

「你平常明明就不會那種話的，到底是怎麼了啊！可是又讓我覺得有點帥，真是不甘心！」

我緩緩擺出架式，這時芬里爾終於有動作了。

「……和真，牠瞧不起你。牠瞧不起你耶！」

與我對峙的芬里爾，竟然舉起後腳在脖子上搔癢。

那怎麼看都不是在戰鬥中採取的行為……

「不對，那不是在小看我，而是試圖引誘我掉以輕心。不過很遺憾的，那招對我不管用！『Create Water』！」

面對試圖引誘我掉以輕心的芬里爾，我用水魔法打了招呼。

然而芬里爾連躲也不打算躲……

「和真，對方一副很舒服的樣子耶！芬里爾以屬性而言喜歡的是冰和水，牠完全當成是在沖涼！」

「呵……既然那麼舒服的話就多來幾下吧？『Create Water』！『Create Water』！」

我對著沖水沖得很舒服的芬里爾不斷噴水。

芬里爾還是躲也不躲，原地瞇著眼睛接著水……

這時，芬里爾身上產生了變化。

接觸著地面的腳尖，被結凍的水固定住了。

這樣應該不至於無法動彈，不過反應多少會變慢才對。

「你是不是覺得我比你弱就掉以輕心了啊？很遺憾的，勝負已經分曉了。『Create Earth』！」

「！」

原本還在享受的芬里爾立刻跳開，閃躲我扔向牠的土塊。

不愧是狼，只是正常施展魔法的話隨便就會被閃過。

不過……

「我不是說勝負已經分曉了嗎！『Wind Breath』！」

我將披在身上的披風拋了過去，並且對著披風詠唱魔法。

被風之魔法一吹，披風展開來遮蔽了牠的視野。

大概是在閃躲土塊的時候，發現用結凍的腳行動起來有困難吧。

芬里爾這次沒有閃躲飛向牠的披風……！

「嘎呼！」

「『Bind』！」

趁牠用前腳揮開披風的時候，我用拘束技能束縛住牠。

「嘎嗚！嘎嚕嚕嚕嚕嚕、嗚嚕嚕嚕嚕嚕嚕──────！」

事已至今才將我認定為一大威脅的芬里爾，在被我的特製鋼絲封鎖住行動的狀態下如此威嚇。

「啊、啊啊……沒沒、沒想到，和真居然能夠三兩下就讓芬里爾失去戰鬥能力……！」

在朝著無法動彈的芬里爾緩緩走過去的我身後，惠惠整個人微微顫抖，同時發出讚嘆。

「好吧，你也算是給了我一點樂子。該做個了斷了……」

說著，我為了給芬里爾最後一擊，朝牠身邊走去。

「好帥……！今晚的和真有夠帥……！不過，雖然說芬里爾動不了了，但是靠近牠還是很危險，為了安全起見現在還是用弓箭解決牠……」

惠惠在對於我的活躍表現而感動之餘，也給了我這樣的忠告，不過……

「我不喜歡凌虐弱小的對手。這個傢伙已經表現得很不錯了。只是牠挑錯敵人，不過就是這樣罷了……」

「一、一開始我還以為你是哪條神經錯亂了，可是現在我覺得自己快要重新愛上你了……！不過和真，你現在手上沒有劍……」

沒錯，今晚的我為了在森林裡奔跑設想，只揹了一副弓箭。

不過……

「沒有劍的話作一把就可以了。『Create Water』。」

我在右手上製造出水。

「至少，用你喜歡的屬性來給你一個痛快吧。『Freeze』……！」

「啊……啊啊……啊啊啊啊……」

從我的右手滴落的水，應聲化為冰塊。

冰塊逐漸變化為我想要的形狀……！

「這才是冰凍魔法真正的使用方式。」

「太太太、太帥了！真是太帥了！今晚的和真簡直帥過頭了！」

惠惠的眼中，浮現出過去對於身為面具盜賊團的我表現過的崇拜之色。

我接近到能夠給芬里爾最後一擊的位置之後。

「看來是我的魔法比較厲害呢。睡吧。沒錯，你該長眠了——」

瞄準目空一切的芬里爾的胸口，舉起冰之刃一揮——！

——我維持著潛伏技能，在深夜的森林裡不斷奔跑。

「還來！把我剛才說今晚的和真很帥那句話還來！」

不愧是高等級的怪物，拿區區的冰劍戳牠也傷不了牠分毫。

「也是啦——就算是用魔法結出來的冰塊也只是冰塊嘛——對方可是頭目級的狼，怎麼可能隨便用那種東西刺穿牠的毛皮呢——」

「沒那個閒工夫說廢話了，跑快一點！狼系怪物的鼻子特別靈，說不定用了潛伏技能還是會被發現！」

攻擊被彈開之後，因為被拘束技能束縛住的芬里爾一副隨時就要掙脫的樣子，我連忙離開了現場。

遠遠聽見了好幾聲狼嚎，可見牠還在四處找我們。

「也罷，反正剛才實際上算是我贏。而且戰鬥之前我也說過今天要放牠一馬，就那樣收拾掉牠也不太對。」

「你為什麼可以這麼樂觀啊！我們還是回去吧，今晚不只和真，就連森林裡的狀況也怪怪的！芬里爾原本應該在森林的更裡面才對啊……」

呵，原來如此，是這麼回事啊。

「看來牠是察覺到強敵的氣息，也就是知道我來了才跑出來的吧。」

「你這個醉鬼！」

在眼眶泛淚的惠惠如此痛罵我的時候，我透過感應敵人技能尋找著更加強大的敵人。

「我感覺到比剛才的芬里爾還要強大的氣息。這次總該中獎了吧？」

「我不管了，隨便你愛怎樣就怎樣吧！既然事情都變成這樣了，我也奉陪到底就是了！不管是要對付芬里爾還是噴火龍，又或者是爆殺魔人……！」

於是我對開始自暴自棄的惠惠豎起拇指，笑了一下。

「說得好啊！今晚的目標就是爆殺魔人忍忍。也不知道那是什麼不正經的名字，咱們炸飛它吧！」

「別忍忍來忍忍去的，和我的名字一樣是疊字總覺得很不舒服耶！應該說我自己也才剛提過好像不該這麼說，不過你的腦袋還好嗎！」

腦袋還好嗎？

這個傢伙事到如今是在說什麼啊？

「很不巧的，我有個同伴一直被說腦袋有問題呢！」

「話是你說的喔！很好，咱們就炸飛它吧！看我怎麼炸飛它！我終於知道和真的意圖是什麼了，一開始就告訴我不就得了嗎！」

成為族長的條件，是接受考驗或狩獵強敵。

今晚發生的這件事，沒有其他人知道也無所謂。

只要我和惠惠兩個人知道，惠惠沒有輸給競爭對手就夠了。

沒錯，要我打倒魔王實在是強人所難，不過……！

「真是的，我最喜歡這樣的你了！」

「這我早就知道了！我已經展現過自己在芬里爾之上的力量，這次輪到妳表現了！」

「好吧！就讓和真好好見識一下，我才是真正配得上爆殺魔人之名的人！」

說著，惠惠露出了拋開陰霾的笑容。

3

感應敵人技能躁動不已。

（站住。在附近了。）

我對著惠惠伸出一隻手，示意要她停在原地。

（……和真，你應該有夜視能力對吧？為什麼從剛才開始你在發現敵人的時候手就會動不動碰到我的胸部啊？）

（我也不是什麼都很完美嘛，一點小失誤妳就原諒我吧。更重要的是，妳看那裡……）

我一邊和惠惠如此交頭接耳，一邊指著一塊寬闊的空地中央。

應該說……

（原來如此。確實很忍忍。）

我原本還覺得是哪個腦袋壞掉的傢伙取的名字，但是看過之後就稍微可以接受了。

（忍忍怎麼了嗎？不過，和真你仔細看！那個閃閃發亮的光澤，還有獨特的外型！真想在打倒它之後帶回去。）

待在那裡的是一具二足步行機器人。

然後一言以蔽之就是長得很像忍者。

看起來像是專門進行諜報行動用的，感覺動作好像很敏捷。

獨眼型感應器的詭異紅光照耀著四周，讓我有點擔心潛伏技能對那個傢伙管不管用。

不對，應該說……

（原來如此，芬里爾是為了逃離它才跑出來的啊。那我們開始動手吧！難得和真都為我安排到這種程度了，我一定會解決掉它給你看！）

我在鬥志高昂的惠惠身邊表示。

（……吶，我看今天還是先回去了，明天再說好不好？）

（然後，我才是真正的爆殺……………你剛才說什麼？）

怎麼搞的，我為什麼會三更半夜的在森林裡做這種事情啊？

（跑來跑去搞得我很不舒服。我想趕快回去睡覺……）

（都搞到這個地步了你這個男人是怎樣！請等一下，你剛才的那股勁頭和氣勢消失到哪裡去了！難不成是清醒了嗎！到了這個時候醉意才退了嗎！）

惠惠雙手抓著我的肩膀，用力搖晃。

（喂，冷靜一點。對方可是紅魔族也難以制服的強敵。我們應該先回去好好準備……）

（我知道它是強敵，我都已經警告過你好幾次了！而且要準備的話也應該一開始就準備好了吧！把我的心情炒得這麼興奮才跟我說看得到吃不到，未免太過分了吧！）

被她這樣搖晃讓我更不舒服了……

（要這樣說的話惠惠平常還不是一樣。老是搞得我那麼興奮之後才跟我說看得到吃不到，妳現在知道感覺如何了吧。）

（話是這麼說沒錯！關於這一點我道歉，原來感覺這麼難受啊，對不起！）

爆殺魔人就在我們的視線前方。

據說是在神祕設施裡發現的那具機器人，原本大概是為了守護紅魔之里而打造出來的。

優先攻擊除了紅魔族以外的黑髮黑眼人類這一點我還不太明白，不過大概是和來自日本的人之間發生過什麼問題吧。

不過，這些事情現在都不重要。

重要的是，這具機器人不會攻擊紅魔族這一點。

換句話說，只要惠惠一個人堂堂走出去賞它一記爆裂魔法，就可以安全討伐它了。

（仔細一看，它身上到處都是傷痕呢。是不是上次的爆裂魔法造成的傷害啊？）

經惠惠這麼一說，我看了一下，它身上確實到處都是裂痕，看起來慘不忍睹。

看著它破損的部分隨著滋滋滋的聲響一點一點復原，可見這個傢伙大概有自動修復功能。

就連爆裂魔法也無法一招擊斃，受了傷就會試圖逃走以便修復的機器人。

難怪它可以棲息在紅魔之里，還可以至今未遭討伐。

（好，那我們還是趕快打倒它之後回去睡覺吧。計畫是這樣。惠惠一個人出去，詠唱魔法炸飛它，以上。）

（這算是哪門子計畫啊！所以和真要負責什麼……）

就在惠惠說到這裡的時候。

（嘔噁噁噁噁噁…………）

（…………到處跑來跑去的害你反胃了是吧。你乖乖待在那裡。回程還要拜託你喔！）

看見終於忍不住為樹木施肥的我，惠惠緩緩移開視線。

（那我要上陣了。請你好好看著我帥氣的一面。）

然後這麼說完，便走向爆殺魔人。

「——爆殺魔人莫古忍忍。你的稱號我就收下了……」

其實完成詠唱之後劈頭轟下去就可以收工了，但惠惠還是依照規矩準備報上名號。

原則上這應該是很認真嚴肅的場面，但是紅魔族取的那個名字害得氣氛嚴肅不起來。

「吾乃惠惠！擅使爆裂魔法，乃阿克塞爾第一的魔法高手！」

爆殺魔人不會攻擊紅魔族。

所以惠惠才決定放心耍帥吧。

她從剛才開始就不斷偷瞄我，更可以證明這一點。

大概是希望我看見她大放異彩的模樣吧。

「你曾經被稱為紅魔族的守護者，但是攻擊觀光客就不太可取了。如果你在森林深處低調過活我還可以饒你一命，沒想到你都跑到這種地方來了。」

——就在她說到這裡的時候。

一直到上一個瞬間都還在眼前的爆殺魔人。

轉眼之間便消失得無影無蹤。

在寂靜無聲的森林當中。

那個傢伙無聲無息地，從我附近的樹上掉了下來。

「咦？等等！」

「和、和真！」

我明明發動潛伏技能躲起來了，忍忍落地之後卻朝我衝了過來。

應該說動作也太快了！

製造這個傢伙的肯定是日本人，絕對錯不了！

這根本是忍者嘛，肯定是忍者無誤！

「能識破我的潛伏算你厲害！但很遺憾，面對機器人的我是無敵的！『Steal』——！」

對付機器的時候只要偷走重要的零件就可以了！

我伸出一隻手，忍忍立刻跟著做出反應，迅速縱身來了一個後空翻。

莫古忍忍在黑夜之中飛舞，留下感應器的紅色餘光。
見它展現出如此帥氣的動作，反而更增添了名字的悲愴感。
然後，我伸出去的手上——
「和真，這種時候沒空讓你玩了！不過就是內褲，你那麼想要的話之後我洗乾淨再給你就是了！」
握著在我視線前方的惠惠的黑內褲。
「不，洗過就沒意義了……不是啦，只是這個傢伙太快了！可惡，就算想用拘束技能封鎖它的行動，鋼絲也已經對芬里爾用掉了……」
對喔，我想到了！
「對了，用內褲！惠惠，把妳的胸罩也給我！我要用來和內褲綁在一起，當作速成的繩索代用品……」
「你還在醉嗎！用那種東西怎麼可能束縛得了它啊！和真，後面！」
我連忙飛撲，接著便聽見一陣風聲從我的脖子上一個瞬間所在的位置呼嘯而過。
不知不覺間繞到我背後的忍忍，用手刀瞄準了我的脖子。
「可惡，別以為夜晚的森林是專屬於忍者的主場！對尼特而言也晚也是活動力最強的時段。變強的可不只你一個！」

等到我轉過頭去的時候，忍忍早已再次消失。

這個傢伙也有潛伏技能嗎？

實際對付過像自己這樣的隱密型敵人才知道真的很惹人厭。

「你大概覺得自己這樣很帥，可是其實只是在裝模作樣喔！看來你的醉意真的開始退了，言行沒有剛才那麼俐落！」

「少、少囉嗦，妳顧著詠唱就好！我要求重來一次！吾乃佐藤和真。能夠透視黑暗，隱身於陰影之中，掠奪無數財寶，震撼世間的男人！」

「稍微好了一點，不過被你握在手上的東西害得不太帥！」

在被惠惠這樣鬧的同時，我將感應敵人技能的靈敏度提升到最大——

「在那裡——————！」

「！」

出現在我背後的忍忍舉起的手在即將落到我身上的時候煞了車。

連刀也沒帶的我之所以能夠擋住攻擊——

「爛透了！該怎麼說呢，我已經不知道今晚的和真到底帥不帥了！」

「少囉嗦，我可是拚了命在戰鬥！能用的東西不管是什麼我都會用！」

不是空手奪白刃，而是因為紅魔族的內褲防禦起了作用。

看來不危害紅魔族的限制也包含了持有物品在內。

看著我高舉的黑內褲停止動作的忍忍……

「咕哇！」

以金屬打造的手腳施展出行雲流水般的連續攻擊，掌打和踢腿接連落在我的腹部。

「和真！我們要對付忍忍還是太困難了！它的動作快到我無法瞄準，更何況它又不肯離開和真，我根本無法攻擊！」

我一邊聽惠惠這麼說，一邊吐出酸性物質嚇唬忍忍。

大概是因為身為機器人的忍忍討厭酸性的攻擊吧，它稍微遠離了我。

「算、算你厲害。沒想到深夜時段的本大爺嘔噁噁噁噁噁噁噁。」

「你還是放棄帥氣的台詞吧！」

沒問題，這種程度的攻擊起不了作用……

我嘔吐只是因為喝了酒還到處奔跑……！

「抱歉它的攻擊還是有痛到，這個我撐不住……惠惠，我暫時動不了了，妳別用魔法了，逃回村子裡去吧……它應該會放過妳，妳去叫醒阿克婭再帶紅魔族回來……」

「我怎麼可能在這種時候一個人逃走！我這個人最不聽話了！」

不知道是不是遲到的叛逆期來了，惠惠任性地這麼說，舉起法杖。

即使我已經壓著胸口縮成一團，忍忍依然毫不鬆懈地逼近我。

終於，它朝我舉起一隻手——

於是惠惠便拋開法杖，壓上來蓋住我整個人。

「阿克婭也好妳也好，為什麼都這麼不聽話啊！魔法師把法杖丟掉是想怎樣啊！」

「那是忍忍使用的特殊爆炸魔法的架勢，孱弱的和真要是中了那招，會被炸到連屍體都不剩！」

啊，我懂了。

這個傢伙是活用紅魔族不會被攻擊的特性，在當我的肉盾啊。

……就在這個時候。

朝我舉著手的忍忍，將冰冷的紅色單眼型感應器對準了我，並且發出語音。

『確認分類為外掛後宮型現充日本人。待改造實驗體紅魔族的個體離開之後，立刻執行爆殺處理。』

「你剛才說的話我可不能聽過就算了！外掛後宮？你說外掛後宮是吧！製造你的傢伙目的是想抹殺所有開外掛的後宮渾球嗎！如果是這樣的話盯上我根本是找錯人吧混帳！」

「我不知道是什麼事情激怒了和真，不過算我拜託你，乖乖待著別動！」

惠惠壓在揮動手腳不停掙扎的我身上，用她嬌小的身體拚命想掩蓋住我。

我一邊感覺著她偏高的體溫，一邊思考該如何打破這個膠著狀態。

老實說我的胸口很痛。

痛成這樣，骨頭大概已經裂了吧。

沒錯，就是肋骨報銷了好幾根的那個狀態。

話說回來，那個傢伙為何如此執著於爆殺處理啊？

就算無法加害紅魔族，只要把壓在我身上的惠惠拉開，至少可以要我的命才對。

「惠惠，那個傢伙為什麼不動啊？只要唰一下衝過來攻擊我，應該能輕鬆殺掉我吧？」

「爆殺魔人就是因為靠爆炸殺人才叫爆殺魔人。只要看見黑髮黑眼的人帶著全部都是女性的小隊成員，它就會一邊說『爆炸吧』一邊做出殺戮行為，是可怕的怪物……」

「只是在獵殺現充嘛蠢翻了！惠惠，妳保護我！我要對那個傢伙狂用偷竊技能搶走它的重要零件！」

「可以是可以，不過你不要不小心牽連到我喔！我現在沒穿內褲，已經無路可退了！要是你偷走我的長袍，我的下半身就光溜溜了！」

「到時候我會負責的！接招吧混帳————『Steal』、『Steal』、『Steal』、『Steal』————！」

忍忍迅速對我的聲音做出反應，從現場消失。

然而，我的右手上有個沉甸甸的感覺……！

「到手了嗎！」

「到手什麼東西啊你這個男人！把胸罩還給我！我只要再中一次就真的會慘不忍睹了！」

在我右手裡的是黑色的胸罩和某種零件。

我感覺到壓在背上的東西的觸感稍微變得更柔軟了一點的同時，聽見了一個滑倒在地上的聲音。

大概是被我偷走身體的一部分了吧。

爆殺魔人在離我們有一段距離的地方單膝跪地，從林木之間看了過來。

「這個傢伙還能動啊？不妙，肚子和胸口都好痛……我有辦法在這個狀態下把妳揹回村子去嗎……」

沒有理會發牢騷的我，惠惠撿起法杖，開始詠唱。

隨著她的動作，爆殺魔人拖著腳試圖逃跑。

「這個村子到底是什麼鬼地方啊？我絕對不會再來這裡了。喂惠惠，不要離開我。妳要是離我太遠，我會遭受爆殺處理耶。」

我緊緊貼在惠惠背後，於是似乎已經完成詠唱的她嘆了口氣。

「明明半路上還那麼帥的，這下淪落到拿女生當擋箭牌了是吧……真是的，我為什麼會喜歡上這個男人呢……」

惠惠這麼對貼在她背後的我說，可是語氣並沒有那麼厭惡。

接著，她輕聲對爆殺魔人開了口：

「你原本的實力應該不只這樣才對，是怎麼了呢？撇開中了我的爆裂魔法而受了傷不談，你的動作還是不太順暢喔。」

我都已經快被搞死了，結果這樣還不是它的最佳狀態嗎，騙我的吧？

「……身為熱愛爆炸的志同道合之士我並不討厭你，不過既然你都盯上了我的同伴，再怎麼樣我也無法置之不理……」

舉著法杖的惠惠目不轉睛地看著一直守護村里至今的忍忍，微微露出苦笑。

像是對惠惠的這番話產生了反應。

原本拖著腳的忍忍眨了眨單眼型感應器，動作停了下來。

『感應到紅魔族當中最強大的魔力。由於出現了魔力超越預期的個體，認定改造計畫成功，將以此為最後的資料傳送回諾伊士王國總部。總部請回答。本計畫已成功。關於主人，請將此成果……』

說出這種令人非常好奇的話的紅魔之里守護者。

「『Explosion』——————！」

在和自己有著相同顏色的眼睛，紅魔族第一的吊車尾魔法師手下。

被送往如今早已滅亡的諾伊士王國，以及製作者的身邊了——

4

「太嚇人了。吶惠惠，妳真的是太嚇人了。」

「明明是個尼特，你還在囉嗦什麼啊。那是在慶祝繼任族長的人選定案好嗎？我反而希望你們感謝我呢。」

在我們已經很熟門熟路的紅魔族守望相助隊辦公室裡面。

「尼特來尼特去的煩不煩啊！我不是尼特而是守望相助隊！這個妳可別搞錯了！話說回來……」

對牢裡的惠惠說教的綠花椰宰。

「沒想到連身為監護人的你也成了這種事情的共犯啊……我原本還覺得好像可以和你交個朋友的，真是太可惜了。」

對著和惠惠一樣被關在牢裡的我，投以落寞的眼神。

「綠花椰宰先生，不好意思。我原本也覺得應該可以和你好好交流的呢……為了表示歉意，我教你一個很好殺時間的遊戲。用冰凍魔法製造冰塊，然後花一整天來觀察冰塊融化的過程。等你回過神來，一天就結束了。」

「真是實用的好消息。我每天都閒得發慌，馬上就來試試看好了。」

「請你們不要互相吸引好嗎！尼特就是這樣！時間應該用在更有意義的事情上面吧！」

我們還在討論有意義的尼特話題，結果被惠惠插嘴。

於是綠花椰宰對這樣的惠惠說：

「……真是的，我知道妳被競爭對手領先那麼多很不甘心……但是就算妳再怎麼心煩意亂，也不應該在值得慶祝的日子裡發爆裂魔法吧。」

他以憐憫的眼神看著牢裡的惠惠，嘆了口氣——

打倒了爆殺魔人的惠惠，沒有把這件事告訴任何人。

關於昨晚的爆裂魔法，她也宣稱是因為芸芸成了繼任族長害她一時心煩意亂所致。

要是把真相告訴村里的大家，她應該可以擺脫吊車尾的搞笑魔法師這個臭名才對……

「你要是再嘮嘮叨叨地對我說教個沒完的話，我也有我的想法。小心我去找你喜歡的套牢哭訴，說綠花椰宰假借處罰的名義對我性騷擾。」

「妳說這是什麼話啊！套牢最近原本就已經有點古怪了。她一下說是要為我占卜把我叫了出去，結果只是在水晶前面歪頭歪了好幾次，最後還把我趕走。上次我在村里附近執行警衛工作的時候，她還攻擊我，說是要陪我練功。」

正當綠花椰宰哭喪著臉如此泣訴的時候，辦公室來了一名訪客。

出現在那裡的是……

「這不是繼任族長大人嗎？怎麼，妳是來嘲笑我的嗎？妳現在看到我被關在牢裡有多窩囊了，想笑就儘管笑吧！」

「啊哈哈哈哈哈哈哈！惠惠被關在牢裡耶！」

「妳竟然真的嘲笑我！好吧，我現在就和妳做個了結！綠花椰宰，把牢房打開！否則我要發爆裂魔法了喔！」

原本像個驕傲的贏家指著惠惠大笑的芸芸，現在重重嘆了一口氣。

「唉……真是的，妳到底在做什麼啊……？不好意思，綠花椰宰先生……這裡有我看著，我可以和惠惠稍微聊一下嗎？」

「可以啊。或許妳看不出來，但我也有很多事情要做。」

「不過就是名為巡邏實為跟蹤套牢，還有名為戒備的散步罷了。」

「吵死了，村里附近的戒備工作其實小看不得的好嗎！最近，魔王軍不斷有奇怪的動向。不久之前還有紅眼喪屍和魔像在村里附近徘徊呢……」

綠花椰宰這麼說完，把鑰匙交給了芸芸便走了出去。

芸芸確認過沒有其他守望相助隊的成員在，便來到關著我們的牢房前面。

「……所以，昨天晚上發生什麼事了？」

「因為被妳領先了，我一時心煩意亂，就去發洩一下。」

聽在牢裡生悶氣的惠惠這麼說，芸芸原地蹲了下去，隔著鐵柵把臉湊了過來。

「是喔——」

「幹嘛回得那麼敷衍，有話想說儘管說啊，我洗耳恭聽。」

被惠惠這麼一問，芸芸露出隱約顯得不太開心，同時又有點高興的奇妙表情表示：

「沒有啊。只是，我跟惠惠相處很久了，所以我知道一件事。惠惠有沒有發現，妳在紅魔族當中好像也是屬於比較特別的一個，說謊的時候眼睛會變成藍色喔。」

「真的嗎！請等一下，我是第一次聽說這件事！這表示我在紅魔族當中也屬於特製款，是天選之人嗎！」

正當惠惠雙手不住顫抖，如此大呼小叫時，聽她這麼說的芸芸打開牢房的門鎖，走了進來。

「妳平常那麼聰明，可是偶爾會耍笨呢，想辦法改進一下好不好。」

「芸芸憑什麼說我笨……妳陰我是吧！妳欺騙本小姐是吧！和真，請你看著我的眼睛！」

「喔，怎麼了？妳叫我看我就看吧。」

芸芸就這麼聽著我們的對話。

「和真，紅魔族身上有著名為『條碼』的直條紋胎記。順道一提，芸芸的是在大腿內側一個非常敏感的位置……如何？我的眼睛是紅色的？還是藍色的？」

「妳突然爆什麼料啊——！這種時候應該說謊才能確認吧——！」

「和平常一樣是紅色。這表示妳說的是真的嘍。」

被這樣挾怨報復的芸芸雙手摀著通紅的臉。

看來互嗆和吵架還是惠惠占上風。

「這下子我覺得比較舒暢了，不過妳來這種地方做什麼啊？難不成才一個晚上妳就變回原本的邊緣人，大家都離開妳了嗎？」

「妳說這是什麼話啊！我、我想，應該還不成問題……才對、吧……不對，我才不是要說這個！」

芸芸移動到惠惠身邊，當場坐下來抱著膝蓋。

然後，她沒有直視惠惠的臉孔，平常乖巧的模樣也消失了。

「冒險者卡片拿出來給我看。」

她冷淡地說完，就這麼伸出一隻手。

「才不要，我為什麼非得拿卡片給我的競爭對手看不可啊？應該說妳耍邊緣也該有個限度吧，因為怕寂寞就一起跑進牢房裡來實在太誇張了。」

「不是好嗎，再怎麼樣我也沒有惡化到那種程度！只要讓我看討伐怪物的欄位就可以了。如果妳問心無愧的話就給我看一下。」

果然是從小和惠惠一起長大的人。

看來她隱隱約約察覺到我們昨天晚上做了什麼。

「怎樣啦，我問心無愧也不需要給妳看吧？我可沒有為了賺經驗值而狩獵綠花椰宰養大的寶貝大蔥鴨喔。」

「妳剛才說的話我可不能當作沒聽到！吶，妳獵了嗎！最近套牢小姐比較冷淡，綠花椰宰先生因為寂寞還把大蔥鴨當成心靈寄託，而妳狩獵了牠嗎！」

這麼說來，這個傢伙在來到村裡之後確實開心地表示過自己升等了。

「真是夠了！那種事情不重要啦，快點把卡片給我看！吶，其實爆殺魔人真的在外面對吧？而且妳找和真先生一起去狩獵了它對吧！」

「妳沒頭沒腦的說什麼啊，我怎麼可能去狩獵那種東西呢！妳也知道它不會攻擊紅魔族對吧？如果要狩獵忍忍的話，我也會帶安全的紅魔族搭檔去。」

惠惠如此裝傻，但芸芸依然以懷疑的眼神看著她說：

「妳明明就每天爆殺魔人東爆殺魔人西地吵個沒完不是嗎？」

「就因為我每天爆裂魔法東爆裂魔法西地吵個沒完。」

面對堅持不肯認帳的惠惠，芸芸嘆了口氣表示：

「……我接受了三項考驗，先得到繼任族長的資格了，所以可不覺得自己輸給妳喔。」

「我聽不懂妳在說什麼。聽說我是紅魔族裡的吊車尾，所以我們一開始就沒得比啊。這不是很好嗎，妳以後就可以在紅魔之里一直受到大家愛戴了。」

之前擊退席薇亞的時候，芸芸就已經得到紅魔族們的認同，經過這次的事情之後聲勢更是水漲船高，似乎已經完全脫離邊緣人的行列了。

就這樣待在村子裡，她一定每天都可以過得很幸福吧。

「……………惠惠要回阿克塞爾對吧？」

「那當然。我可是阿克塞爾第一的魔法師。沒有我在的話，鎮上的大家會很傷腦筋。」

「妳剛才還自稱紅魔族裡的吊車尾不是嗎，現在自我評價倒是挺高的。」

我不禁這麼吐嘈，但惠惠好像決定當作沒聽見。

「芸芸接下來要以繼任族長的身分學習如何經營村里對吧？既然如此，我們就要在此告別了。」

……對喔，芸芸之所以一直挑戰惠惠，也是為了得到紅魔族第一的名號，成為繼任族長。

既然現在已經正式得到那個寶座，芸芸也沒有理由回阿克塞爾了。

「…………不要以為妳這樣就贏了喔。」

「…………講不聽耶，贏的人明明就是妳吧。」

兩個倔強的人不知為何如此互讓贏家之名。

面對旁人的時候，惠惠強勢而芸芸怯懦。

惠惠不擅長面對逆境，而芸芸在面臨危機的時候反而會咬緊牙關，心靈意外的堅強。

出生的家庭環境和個性，就連體型也是。

一切的一切都正好相反的兩個人之所以成為競爭對手，想來或許也是理所當然之事。

正當我一邊這麼想，一邊不禁露出苦笑的時候。

「都已經是最後了，我願意把勝利讓給身為邊緣人，既沒有隊友也沒有男人的芸芸。」

惠惠這麼說，並且像是要宣示什麼似的把頭靠在我的肩膀上。

「……吶，難不成在我交到男朋友之前，妳都會一直拿和真先生出來對我炫耀吧？又不是有男朋友的人就比較了不起。」

「是啊，我不是都說算我輸了。今後我會和這個人一起建立微小的幸福，所以孤傲的魔法師這個目標就交給芸芸了。族長這個工作好像還挺辛苦的，希望妳別錯過婚期了。」

惠惠帶著天真無邪的笑容這麼說，同時像是在宣示什麼似的挽著我的手。

「那是惠惠以前的目標吧！反而是我說想找妳聊戀愛話題時，妳還說我思春什麼的！」

剛才那個豁達的氣氛不知道消失到哪裡去了，芸芸一臉快要哭出來的樣子。

「和真，我的大腿給你躺好了。要你陪我陪到牢裡來真的很不好意思。至少應該讓你在我的大腿上休息，而不是硬梆梆的地板上。」

「嗯，就這麼辦吧。」

「吶，為什麼會那麼自然而然的發展成躺大腿啊！你們兩個之前沒那麼愛放閃吧！」

見我毫不客氣地躺上惠惠的大腿，芸芸不禁站了起來。

「怎麼了嗎，贏了我的芸芸？應該說難得我們兩個有機會獨處，妳可以不要來妨礙我們嗎？對了，妳不是有一群視妳為族長的仰慕者嗎？叫他們陪妳不就好了。」

「呼……又滑又嫩的真不錯。感覺昨天的辛苦都得到回報了。」

「吶惠惠，妳是不是臉紅了！你們平常應該不來這套的對吧！妳現在是在忍耐和真先生的性騷擾對吧！」

得寸進尺的我試著亂摸惠惠的大腿，結果大概是因為在芸芸的面前吧，她並沒有表現出生氣的樣子。

「這種事情不算什麼吧？……和、和真，躺大腿的時候臉應該不是朝這邊吧……沒有喔，我並不是害羞，而是怕和真呼吸不順！」

「偶沒問題。」

「這樣啊！說的也是！反正大腿就是這樣躺的！」

「惠惠，妳肯定在忍耐對吧！和真先生也請放過她吧！」

5

——芸芸表示要去見雙親而離開之後，過了不久。

我們從牢裡被安然無恙地放出來之後……

「真是的，和真真是夠了！惠惠也真是夠了！你們兩個就非得搞出問題來才甘心嗎？學學這次完全沒有搞出問題，一直是個品行端正的模範生的我好不好！」

「阿克婭說的沒錯喔，和真。惠惠已經沒救了，但是你應該阻止她才對吧。」

卻碰上了非常沒天理的遭遇，被昨晚醉倒的兩個人如此說教。

「妳們兩個開什麼玩笑啊，不過是碰巧沒搞出問題來而已就擺出那種煩人的跩臉！別小看我和惠惠！我們可是在妳們睡得不省人事的時候大搞深夜運動會好嗎！」

「稍微考慮一下遣詞用字好不好！不是他說的那樣喔，我們只是在森林裡面被怪物追著跑而已！」

惠惠拚命訂正。

「注意，你們仔細聽好了。昨天晚上的我可是大放異彩。不但三兩下就打發了著名的一擊熊，甚至技壓名為芬里爾的凶惡怪物，最後還放了牠一馬。對吧惠惠，我說的沒錯吧？」

「…………不，這個嘛，你是沒有說謊啦……」

聽惠惠這麼說，達克妮絲對我投以懷疑的眼神。

「一擊熊也就算了，芬里爾可是天災級的凶惡怪物耶。你的意思是那種傢伙來到村里附近的森林裡了嗎？」

這麼說來，聽說爆殺魔人原本也應該待在森林的更深處才對。

「原來如此，這肯定是魔王軍搞的鬼。操縱怪物的幹部，為了讓世界陷入混亂才會派牠們出來。錯不了的，這是我身為女神的直覺。」

阿克婭沒頭沒腦地做出這種荒唐的發言，但是考慮到變弱的忍忍，到頭來未解之謎只有越來越多。

不過，我們該做的事情已經完成了。

接下來只要請芸芸用瞬間移動魔法送我們回阿克塞爾就可以了。

「這麼說來，惠惠，妳不用去找村裡的大家打聲招呼嗎？既然會用瞬間移動魔法的芸芸要留在這裡，妳就沒辦法隨時返鄉了吧？」

聽達克妮絲這麼問，惠惠用力哼了一聲。

「面對我這個紅魔族首屈一指的天才，一下子叫我吊車尾，一下子叫我搞笑魔道師，一下子叫我爆裂魔的那些傢伙不值得我打招呼。等我打倒魔王，風光凱旋之後，再叫他們跪拜我吧。」

「爆裂魔又沒說錯。」

還有，我們不會去打倒魔王喔。

……對喔，這麼說來。

「喂阿克婭，妳把安樂少女的幼苗怎麼了？不知不覺間盆栽就不見了呢。」

「當然種好了啊。」

阿克婭輕描淡寫地這麼說，但是她哪有那種時間啊？

「昨天才在森林裡跑來跑去的我說這種話好像也怪怪的，不過妳一個人有辦法進那麼危險的森林去種牠嗎？」

「你在說什麼啊，當然沒辦法嘍。我種在惠惠家的庭院裡。」

「妳竟然做出這種事情來。」

惠惠不禁吐嘈，不過這個傢伙這次真的搞砸了。

「妳先聽我說嘛。米米說，她會好好把安樂少女照顧到大。她是個聰明的孩子，應該不會把安樂少女教壞才對。而且紅魔之里好像沒有和米米差不多大的小孩，她應該可以和安樂少女當好朋友吧。」

「我想那個孩子應該是打算養大了再吃掉牠吧。」

「惠惠家是怎麼教小孩的啊？我現在就去拿回來。」

我抓住連忙打算衝出去的阿克婭。

「惠惠當然是在跟妳開玩笑啊，而且芸芸也快回來了，乖乖在這裡等吧。」

「……說的也是，妳是在開玩笑對吧？真是的，惠惠真是夠了！捉弄我有那麼好玩嗎？回到阿克塞爾之後，我要到處宣傳惠惠有多麼妹控……吶惠惠，妳是開玩笑的吧？為什麼要別開視線還不說話？」

阿克婭抓著惠惠的肩膀用力搖晃，而就在這個時候。

「惠惠！」

大概是因為在來到這裡的路上都全力衝刺吧。

出現在我們面前的芸芸用力喘著氣，露出笑容。

「怎麼了芸芸，為何跑得那麼急？我知道妳在村子裡有了朋友很開心，但要是興奮過頭，小心嚇到人家喔。」

「才不是呢！而且這種事情妳應該早點告訴我！害我昨天和今天都已經興奮到不行！」

芸芸順了順呼吸，並且乾咳了好幾次之後。

「我也要回阿克塞爾！」

感情亢奮到極點的芸芸，帶著閃爍鮮豔紅光的眼睛如此宣言。

「我也要打倒魔王給妳看！我要的不是這種別人施捨的勝利……我會打倒魔王，立下最優異的功績，真正成為族長給妳看！我已經向爸爸還有村裡的大家做出宣言了！」

惠惠的競爭對手，兼吵架對象，同時也是最要好的摯友這麼說，看起來已經完全拋開心中的迷惘，露出了最燦爛的笑容。

「……這樣啊。難得妳都變成現充了，可別又變回邊緣人啊……還有，要打倒魔王的是我。」

惠惠用力轉過頭去，說得一副興趣缺缺的樣子。

但是我知道，這個傢伙只有在面對芸芸的時候特別傲嬌。

儘管佯裝冷靜，卻無法完全藏住心中的喜悅，耳朵似乎也因此而不住抖動。

「惠惠真是不老實。妳的眼睛整個都是紅的喔。」

紅魔族激動的情緒會顯示在眼睛上。

「阿克婭還是這麼不識相呢！好吧，我現在就去把妳擅自種在我家庭院裡的安樂少女連根拔起！」

惠惠拖著纏在她腰上不讓她走的阿克婭，似乎是為了掩飾害羞而快速說話。

「好了芸芸，妳要回阿克塞爾的話就快點去準備！我看妳好像不知道所以就趁現在告訴妳吧，那個城鎮的冒險者比我們以為的還要倚重妳。只要隨便找個冒險者叫人家加入妳的小隊，對方大概都會二話不說就答應！」

「真的嗎！吶，這麼重要的事情為什麼妳之前都不告訴我啊！」

「如果妳在阿克塞爾交到很多朋友的話，一定會對那個城鎮產生感情，就會放棄當族長的念頭了吧！」

「那是當然！」

面對如此果斷秒答的芸芸。

「妳稍微猶豫一下可以嗎！真是的，動作快，該回我們的城鎮去了！」

「我、我知道了，不要催嘛！……不過，妳剛才說的是真的嗎？那個，就是……阿克塞爾的冒險者真的有那麼倚重我嗎……」

「只是超乎我們原本以為的而已。要是妳太得意忘形的話又會變回邊緣人喔。」

惠惠厭煩地這麼說，但芸芸一點也不打算掩飾嘴角的笑意。

「啊啊——……這次不但贏過惠惠，還得到了各位族人的認同。感覺好像在作夢……」

「幹嘛一副妳已經贏了的樣子啊！既然妳要回阿克塞爾，我怎麼可能會把勝利拱手讓給妳啊！」

「等一下，事到如今妳還在說什麼啊！通過族長考驗的我當然是贏家吧？幹嘛死撐著不認輸啊！」

才覺得她們的個性正好相反，但我原本以為不像的這兩個人或許其實很相像呢。

開始像小孩子一樣吵架的兩人拉開距離，互相對峙。

「既然妳都說成這樣了，就來一決勝負吧，惠惠！這次我一定要讓妳承認我的勝利！」

從腰際抽出魔杖的同時，芸芸如此宣言。

相對的，惠惠拿出冒險者卡片。

「哎呀，吾之卡片怎麼出現在這種地方。既然妳剛才那麼想看討伐欄我就給妳看吧。妳看——爆殺魔人的名字就在這裡喔……」

「妳的態度也轉變得太快了吧————！」

芸芸的吶喊聲，響徹了紅魔之里的廣場——

最終章

1

英雄故事就此開始

回到阿克塞爾的我們和芸芸分開之後並沒有回豪宅，而是前往冒險者公會。

「沒想到，你們竟然趁我不在的時候打倒了莫古忍忍啊。不過我們是同一隊的，即使我當時在睡覺，也要平分獎金喔。」

開心的阿克婭興高采烈地這麼說。

這個傢伙好像忘記自己不久之前才在對我們說教呢。

「是、是啊，沒想到你們真的在搞夜晚的運動會。抱歉，和真、惠惠。對了阿克婭！為了慶祝他們兩個人的活躍表現，今晚我們買高級食材回去辦宴會如何？」

「完全沒問題。我反而還覺得這是非常令人讚賞的想法呢。以腦袋古板到不行的達克妮絲而言，這真是個好主意！」

被阿克婭說腦袋古板的達克妮絲或許是因為覺得對我和惠惠有所虧欠吧，儘管太陽穴不住抽動還是掛著笑容。

「喂惠惠，她們兩個這麼說耶，妳覺得該怎麼辦？說是要買高級食材，真不知道她們打算拿誰賺到的獎金付錢喔。」

「就是說啊！妳們兩個和我的交情都這麼久了，應該知道我不是那種會只為滿足一時的爆裂慾而騷擾大家的人吧！」

「「「這就難說了。」」」

「和真是站在哪一邊的啊！」

我丟下怒火中燒的惠惠，立刻前往櫃檯。

「嗨大姊姊，我是專獵大咖的佐藤和真。」

「啊，佐藤先生！您今天為何而來呢？」

我把惠惠交給我的冒險者卡片秀給她看。

「我們不小心又獵殺一隻了說，大姊姊。無奈啊無奈……要是我們依照這個步調繼續狩獵下去，世上的懸賞目標不用多久就會全部消失了呢。這樣我們的同業可就沒生意做了。哈哈哈！」

「啊、啊哈哈哈……各位打倒了爆殺魔人莫古忍忍啊。恭喜各位，我立刻準備獎金！」

即使我們打倒了懸賞目標來報告，大姊姊最近也不太驚訝了。

不過，我並沒有因為她的反應而失望。

因為……

「不好意思……請問，您就是佐藤和真先生嗎……？」

簡直就像是看準了我的心思似的，突然有人這麼對我搭話。

出現在那裡的，是散發出沉著的成熟韻味，臉上有顆醒目的淚痣的美麗女子。

雖然不及達克妮絲，但身材也相當豐滿，很能夠吸引男人。

一頭黑髮在肩頭切齊，一雙十分勾人的黑眸對我送著秋波。

光是這樣，就令我莫名有點小鹿亂撞。

女子應該是祭司吧。

她身上穿著看似神官服的寬鬆白長袍，腰間掛著一柄鎚頭杖。

我之所以在她身上感覺到成熟的韻味，或許是那顆淚痣所致。

又或許，是因為我身邊的人當中，根本就沒有具備成熟魅力的女人。

那名女子優雅地對我行了個禮。

「久仰大名……您的事蹟我時有耳聞。我名叫賽蕾娜……恕我冒昧，不過能不能讓我加入您的小隊呢？」

在前往紅魔之里前，櫃檯小姐提過有個自稱是我的支持者的冒險者，大概就是這個人吧。

女子突如其來的發言，讓公會內鴉雀無聲……

「啥──？妳突然冒出來就說這種話是什麼意思？這個小隊已經有我這個優秀的大祭司在了，所以不需要其他祭司。要是聽懂了就快點閃開。快點，哪邊涼快哪邊去！」

阿克婭憤怒的聲音，在安靜的公會裡面迴響。

看來她是在提防這個突然出現的祭司會奪走自己的存在意義。

但自稱賽蕾娜的女子完全沒有理會這樣的阿克婭。

「佐藤和真先生。能不能請您讓小女子待在您的身旁，成為您的隨從之一呢？我絕對不會做出拖累您的事情。」

說著，賽蕾娜嫣然一笑。

聽她這麼說，原本帶著一點火氣，感覺隨時會破口大罵的惠惠抖了一下，把視線移開。

大概是因為她這趟回來之前才剛在紅魔之里惹了一大堆麻煩，所以什麼都不敢說了吧。

自然而然地，大家的視線都落到我身上來。

大家大概是想叫我做出決定，但是這種劇情怎麼想都是──

「我看妳是魔王的手下還是什麼的吧。沒頭沒腦的就說想成為我的同伴？只要是知道我的負面評價的傢伙，就不可能說出想要加入我的小隊這種話。沒錯，妳的真實身分，就是因為我參與了眾多魔王軍幹部討伐行動而視我為危險因素的魔王派來的刺客……」

「『Sacred Highness Heal』！」

突然，阿克婭打斷我的發言，施展了魔法。

我的身體發出微弱的光芒，不久之後又像什麼都沒發生過似的平息。

我沒記錯的話，那應該是強大的恢復魔法，不只能夠療傷，還可以連同對身體造成不良影響的事物一併排除。

然而，理所當然的，我現在身上沒有任何地方受傷。

「……喂，妳剛才為什麼對我施展恢復魔法？」

「因為身為最弱職業，能力值很低，等級也不怎麼高的和真似乎在妄想自己被魔王盯上了，所以我試著對你的腦袋施展恢復魔法。」

還是把這個傢伙丟出去交易好了。

「沒想到您會那麼懷疑我……和真先生，看來您似乎太小看自己了。您是打倒了眾多強敵，年紀輕輕便累積了可觀財富的偉大冒險者。我認為，您很可能就是神明為了對抗魔王而選上的勇者大人……」

賽蕾娜互握雙手，擺出祈禱的姿勢，閉著眼睛對我這麼說。

魔王正如火如荼地侵略著這個世界，而我是身為女神的阿克婭為了立即發揮戰力而送來的移民。

該怎麼說呢，她說的姑且也沒錯。

不，經她這麼一說，我開始覺得世人對我的評價確實還不及我的功績……

「『Sacred Highness Heal』！」

阿克婭的聲音再次響起。

同時，賽蕾娜的身上發出微光。

「……妳為什麼對我施展恢復魔法？」

「因為妳說出我們家和真是勇者這種傻話，所以我試著對妳的腦袋施展恢復魔法。」

…………

「這個嘛。總而言之呢，雖然我也不願意，不過原則上我的小隊已經有這個傢伙當祭司了。不好意思，我目前沒有在招募隊員。可以請妳去找別人嗎？」

「好痛好痛！和真先生會痛！會痛啦！」

我揪著阿克婭的耳朵這麼說，而賽蕾娜保持微笑表示。

「……這也沒辦法了。今天我先就此告退。不過，和真先生。我在你的小隊裡面一定可以發揮很大的作用喔。」

賽蕾娜自信滿滿地這麼說，同時帶著落落大方的態度離開了現場。

我一邊看著她離開，一邊重新審視自己的小隊成員。

摸著一直到剛才都還被我揪著的耳朵，痛到眼中泛淚的阿克婭。

賽蕾娜離開之後終於鬆了一口氣，從達克妮絲身後走出來的惠惠。

還有……

「……妳在忸忸怩怩個什麼啊？」

「看見突然冒出來的美女祭司慫恿和真，讓我覺得這大概就是所謂的ＮＴＲ感……」

臉頰泛紅的達克妮絲露出一臉不道德的苦悶表情，一邊忸忸怩怩，一邊以濕潤的眼睛看著我。

看著這樣的同伴們，我說……

「……我可以去追剛才那個人回來嗎？」

2

隔天早上。

走進冒險者公會，我發現裡面和平常好像不太一樣。

「那麼，準備出討伐任務的人請到這邊來排隊。我願意免費為大家施展功效能夠長時間維持的支援魔法……」

我看見冒險者們在公會裡排成一排。

隊伍的前方，是一一為大家施展支援魔法的賽蕾娜。

看來她好像在為冒險者們免費施展支援魔法。

基本上，祭司這種職業需求高，卻沒有太多人任職。

所以，像這種支援魔法的免費服務，足以讓沒有祭司的小隊感激不盡。

「哎呀，和真先生。如何？要不要接受我的支援魔法服務啊？只要宗派不同，支援魔法的功效就可以疊加。我想，我和您隊上的祭司小姐是不同宗派，一定可以疊加吧？」

賽蕾娜看見我的身影便帶著微笑向我搭話。

真虧她可以斷定宗派不一樣啊。

……不對，要斷定並不困難。

無論從哪個角度看來，阿克婭看起來都只有可能是阿克西斯教徒。

話說回來，沒想到她會提供免費服務，感覺這可能是我第一次看到像樣的祭司呢。

「等一下，妳擅自在這裡做出那種事情，會造成其他祭司的困擾吧。這樣會害我們的重要性變低，不要這樣恣意妄為好嗎？」

我們隊上的小混混……不對。

我們隊上的（假）神職人員如此找賽蕾娜的碴。

貨真價實的神職人員瞄了阿克婭一眼之後表示：

「我覺得妳應該避免那樣的言行比較好喔。否則會拉低和真先生的評價。和真先生的負面評價會那麼多，其實是妳們幾位害的吧？……還有，祭司提供免費服務哪裡不對了？伸手救濟沒有祭司的小隊，這算是不對的舉動嗎？」

「沒有不對。」

賽蕾娜的正當言論讓（假）女神不禁點頭。

「我並沒有叫妳免費為大家施展支援魔法。妳身為祭司的能力似乎比我強，至今卻未曾為其他冒險者施展支援魔法，關於這件事我也不會多說什麼……但是，我的行為應該沒有愧對任何人，是正當的舉動。妳應該沒有權力阻止我吧？」

「是的。」

在口舌之爭當中完全落敗的阿克婭低著頭踱步回來。

「……我輸了耶……」

女神被祭司辯倒是怎樣啦。

我們看向賽蕾娜，而她似乎察覺到我的視線，便嫣然一笑。

……怎麼想都是對方比較像神職人員。

就在這個時候。

「……真令人不爽。」

突然這麼說的，是貨真價實的小混混，達斯特。

也不知道達斯特是看什麼事情不爽，只見他懶洋洋地趴在桌子上，以懷疑的眼神盯著賽蕾娜看。

「真令人不爽……那種充滿神職人員風範的神職人員，我從來沒見過……其他人居然只因為支援魔法就輕易放下心防了，不過我可不會上當。論祭司的功力，明明就是以前曾經讓我復活的阿克婭大姊比較高強吧。我要選這一邊……真令人不爽，真是令人不爽啊……」

看來，這個性格乖僻的男人似乎很排斥心靈純潔，堂堂正正的人。

明明是這樣，他為什麼還和我這麼要好啊？

無論如何，這個公會當中還是有不少相當信任阿克婭的冒險者。

再怎麼說，大家和阿克婭的交情還是比突然冒出來的賽蕾娜來得久。

這時，職員對公會內的冒險者們大喊：

「各位冒險者——！今天也要打起精神努力討伐喔！言歸正傳，今天的狀況和平常不太一樣……」

職員好像在等賽蕾娜完成為冒險者們施展支援魔法的服務的樣子。

不知為何，職員們沒有把討伐委託的告示張貼到公布欄上。

取而代之的，職員拿出了一張告示。

「其實從昨天晚上開始，鎮上的公墓附近出現了大量不死怪物，今天公會想請各位前去討伐牠們。畢竟那裡相當靠近城鎮，隨時都有可能造成鎮民受害。尤其祭司一定要參加！」

……公墓出現大量不死怪物。

我和達克妮絲、惠惠的視線自然而然地轉向阿克婭。

淨化公墓的工作應該是阿克婭在負責的才對……

「怎樣！為什麼要用那種眼神看我！淨化公墓的工作我差不多每個星期都會乖乖去一次喔！這次我沒有偷懶喔！」

「……可是妳有偷懶的前科啊……」

阿克婭拚命辯解，但我還是以懷疑的視線看著她。

「吶，大家可以不要用那種眼神看我嗎！這次我真的有乖乖工作！我沒有說謊！很好，你們等著看吧！今天就讓你們好好見識大祭司認真起來是什麼樣子！喪屍和骷髏那種小咖我一個人就夠了！」

惱羞成怒的阿克婭以響徹整個公會的聲量大聲宣言。

3

不知道是誰如此吶喊。

「這是什麼狀況！」

公墓。

沒有錢的人，還有家人不知身在何方的冒險者長眠的地方。

位於鎮郊的這個大型墳場……

裡面擠滿了數量不只一兩百的不死怪物。

面對超乎預期的大量不死怪物，其他冒險者們也都害怕到表情扭曲。
不，不是因為害怕。
現在的天氣是陰天。
不過儘管是陰天，白天的不死怪物依然不足為懼。
儘管不足為懼……
「……吶、吶……我可以回去嗎？」
「不、不可以啦和真。聞到這股異臭我也滿心只想哭著跑回去，可是我接下來得展現自己帥氣的一面才行。然後，我要讓冒險者們再次表示，啊啊，阿克塞爾的美女祭司果然非阿克婭小姐莫屬。」
什麼再次表示啊，根本沒有人那樣說過妳啊。
應該說好臭。
臭到不行。
數量這麼多，喪屍散發出來的惡臭更是誇張到不行。
「沒辦法了，上吧阿克婭。只要妳衝進去，不死怪物應該都會圍到妳那邊去才對。到時候妳再施展廣範圍的淨化魔法將牠們一網打盡吧。」
「咦咦！再怎麼樣我也不想被這麼多不死怪物團團包圍啊……」

看見阿克婭因為那股臭氣而裹足不前……

「那麼，這裡就由我代替阿克婭上陣……」

安分不下來的惠惠如此宣言之後準備開始詠唱爆裂魔法，而達克妮絲從後面抓住了這樣的她。

「好，達克妮絲就這樣壓制住惠惠。要是連墳墓也被她炸掉還得了。那麼阿克婭，咱們上！」

除了我們以外的冒險者們都因為這股惡臭而畏縮，沒有任何人打算靠近喪屍大軍。

大家都從遠處施展魔法或是用飛行道具攻擊，不過看起來沒有太大的成效。

在這樣的狀況下，我帶著阿克婭逐漸靠近不死怪物大軍。

如此一來，這些傢伙應該就會往我們這邊衝過來才對。

「喂，達克妮絲，快放開我！用爆裂魔法轟進那裡一定會超爽快！再這樣下去阿克婭會一舉將牠們全部淨化！以視覺而言，應該也是我的爆裂魔法比較乾淨才對！」

「這樣整個墳場也會變得一乾二淨！我是侍奉神祇的十字騎士，不可能坐視有人破壞墳墓！」

在惠惠和達克妮絲如此扭打的時候，我和阿克婭已經接觸到不死怪物大軍了。

這個城鎮的冒險者至少認同阿克婭身為大祭司的功力，於是大家為了掩護我們而揮舞著手上的武器，挑釁不死怪物們。

不過，他們再怎麼挑釁，在受到不死怪物瘋狂熱愛的阿克婭的特異體質前面也是……！

「……奇怪？」

「……牠們沒有來找我耶。」

不死怪物大軍專挑動作比較激烈的冒險者們進行反擊。

「這是怎樣，妳那僅存的一點點神性終究也開始黯淡下來了嗎？」

「小心我在收拾掉不死怪物之前先收拾掉你喔臭尼特。你死掉以後肯定會下地獄！」

阿克婭一邊心有不甘地瞪著我，一邊咬牙切齒。

「我下地獄之後會和巴尼爾他們玩得很開心吧。」

「我不甘心！你那廣泛到莫名其妙的交友關係真是可恨！」

不久之後，阿克婭不再找我麻煩，開始執行自己的工作。

別看她這樣，女神好歹還是女神。

即使我們一下叫她廁所神一下叫她宴會神，唯有力量是一等一。

光是看見阿克婭開始詠唱，周圍的冒險者們便露出安心的表情。

不久之後，魔法完成了……

「『Turn Undead』！」

隨著阿克婭的聲音響起，以阿克婭為中心的白色光芒籠罩住整片墓地。

接觸到光芒的不死怪物們……

「「……奇怪？」」

我和阿克婭的聲音如此共鳴。

不死怪物們並未潰不成形，依然活蹦亂跳的。

同時，牠們大概是把剛才的魔法當成攻擊了吧。

不死怪物們一舉攻向阿克婭……！

「喔喔喔喔！阿克婭，處理不死怪物可以說是妳唯一的強項了吧！快想辦法、快想辦法處理牠們！」

「太奇怪了、太奇怪了！那些可能不是不死怪物！因為我從來沒見過紅色眼睛的喪屍！應該說和真，你為什麼要遠離我啊！我們是隊友吧？是同伴吧！」

第一時間準備逃脫的我的衣服，被阿克婭緊抓著不放。

看見最可靠的阿克婭的魔法起不了作用，原本悠哉地觀望的冒險者們也開始驚慌了起來，而就在這個時候。

「『Turn Undead』！」

那是極具穿透力的賽蕾娜的聲音。

聲音響起的同時，一陣有如衝擊波般的風以她為中心向外吹拂。

結果，不死怪物們便有如斷了線的木偶一般接連癱倒在地上。

「「「喔喔喔喔喔！」」」

在眾多冒險者們的見證之下。

面對墓地裡的大量不死怪物，賽蕾娜僅僅用了一次魔法，便將牠們全部變成不會動的屍體了。

——原本應該是大規模的討伐行動，結果三兩下就結束了。

公會方面似乎也預設會是花上一整天的工作，所以沒有準備其他的討伐委託。

所以，全體冒險者都從下午開始放假。

而臨時歇業的閒人們……

「哎呀，妳很厲害嘛！要不要加入我的小隊啊？雖然只有那麼一個，不過我們隊上有人是上級職業喔。」

「不不不，加入我們吧！我們的小隊還算小有名氣喔！」

「請務必加入我們的小隊！我們隊上只有女生，在很多方面都不需要擔心喔！」

「……不，那個……我想加入的是和真先生的小隊……」

在公會的中心，賽蕾娜正受到眾人包圍，一臉傷腦筋的樣子。

為什麼阿克婭的魔法不管用？又為什麼只有賽蕾娜的魔法管用？

這個部分依然是個謎團，不過有唯一一件事情非常清楚。

「大家看！我要把這個杯子放在桌子上，然後從遠離杯子的地方把這顆松果丟進去。如此一來，就會有東西從杯子裡面逐漸抽高……！」

「總之，妳現在想努力的方向肯定是錯的。」

阿克婭打算表演某種才藝，但是冒險者們忙著拉賽蕾娜入隊，看也不看她。

「……從杯子裡面……越抽越高的……是最高級的野生松茸…………」

阿克婭的聲音變得越來越小聲。

「……會長出……松茸來喔…………！……是松茸喔——」

在沒有任何觀眾的狀況下，阿克婭一臉失落地將松果丟進杯子裡。

接著，杯子裡面開始有東西越抽越……高…………

「……喂，妳剛才那招是怎麼辦到的。在這個季節長出野生的松茸在各種方面都很奇怪吧。應該說，妳要不要多弄個兩三根……」

我拿起從杯子裡長出來的漂亮松茸，同時試著說服阿克婭再變兩三根出來……

但阿克婭不發一語地趴到桌子上，最後變得動也不動。

於是惠惠摸了摸阿克婭的頭安慰她。

唯有達克妮絲依然站在桌子旁邊，把手放在嘴邊，像是在思考什麼。

「——不過，這樣真的好嗎，賽蕾娜小姐？這次的討伐幾乎是妳一個人的功勞，卻說報酬給我們分就可以了……」

一個冒險者對賽蕾娜這麼說。

「我是神職人員。只要有睡覺的地方還有不致於挨餓的飯錢就足夠了。」

賽蕾娜這麼說完之後露出笑容，令見狀的冒險者們為之嘆息。

面容姣好，身材曼妙，個性善良，又有能力的祭司。

「…………」

我看了賽蕾娜好一會兒，然後默默看向阿克婭，只見她依然趴在桌子上動也不想動。

「……喂，妳輸給人家了喔。這可是妳的老本行耶，這樣可以嗎？」

「…………要你管。我可是非主流的阿克西斯教女神耶。我沒辦法成為主流也無所謂，我重視的是少數的狂熱信徒。剛才那個名叫達斯特的小混混也說過了吧？他會選我。即使人數不多，還是有人確實看得見我的好。所以，我一點都不覺得自己輸給她……」

「從第一眼見到妳的時候，我就覺得妳不同凡響！比起某個令人失望的大祭司，妳的人格簡直太高尚了！最棒的就是不貪財這一點！」

達斯特的聲音從賽蕾娜那邊傳來。

看來缺錢的小混混被她慷慨的分配報酬方式所蒙蔽，二話不說就倒戈了。

「……那個傢伙那樣說耶。」

「……吶，和真先生。和真先生會一直站在我這邊直到最後吧？」

阿克婭依然趴在桌子上，頭也不抬，開始吸鼻子啜泣。

4

——賽蕾娜來到這個城鎮之後，過了好些日子。

「賽蕾娜小姐，我在討伐任務中受了點傷，可以幫我治療一下嗎？」

「可以啊，當然不成問題。讓我看一下你的傷口。」

「賽蕾娜小姐，拜託下一個幫我治療吧！」

「賽蕾娜小姐根本是女神！」

冒險者公會的酒吧裡。

在大家的默契之下成為賽蕾娜專用的桌子旁邊，聚集了受傷的冒險者們。

另一方面……

「真是令人不爽……！」

阿克婭擅自闖進公會辦公用的櫃檯裡，探出頭來監視著此情此景。

「阿克婭小姐，妳進來這裡讓我們很難做事……」

即使櫃檯小姐如此勸阻，阿克婭也不予理會。

職員們看向我這邊。

他們用眼神表示，要我想辦法處理她。

「……喂，阿克婭，妳待在那種地方會造成人家的困擾，而且八成已經被看見了，還是出來吧。」

「……那個女人竟敢搶走我在公會裡的人氣，膽子還真不小啊。在那裡治療冒險者們被當成治癒系女神原本應該是我的工作才對吧。」

——妳從以前到現在根本都沒有做過那種事情啊。

達克妮絲說是想調查一些事情，一大早就帶著惠惠不知道上哪去了。

而且不只今天，從那個名叫賽蕾娜的祭司來到之後的每一天都是。

至於我，則是在房間裡無所事事的時候遭到阿克婭襲擊，然後就像這樣被帶到公會來了。至於理由……

「吶，無論妳再怎麼調查也找不出那位小姐弱點的啦。我們還是回去睡覺吧。」

則是這麼回事。

即使我厭煩地這麼說，阿克婭還是堅持不肯離開櫃檯。

「我不要。再說，我總覺得那個女人就是令我不爽。她完美過頭了。長得漂亮，身材又好，個性又溫和，對任何人都那麼溫柔。然後身為祭司的實力也不錯。那個女人真的完美過頭了。沒錯，簡直就像是我和艾莉絲一樣，擁有女神級的完美。」

「我拒絕吐嘈。」

我一邊對阿克婭這麼說，一邊看著為冒險者治療的賽蕾娜。

賽蕾娜發現我在看她，便對著我露出笑容，輕輕揮揮手。

一群冒險者聚在那裡像跟班一樣圍在賽蕾娜身邊，等著輪到自己接受她的治療。

應該說，裡面還有幾乎沒有什麼明顯傷勢的人也在排隊，簡直和追星族沒兩樣。

「吶和真，我有一件事情想拜託你。」

阿克婭從櫃檯後面站了起來，突然對我這麼說。

然後，她對我伸出右手的食指。

「用你的匕首，在我的指尖上輕輕戳一下。我要去找那個女人治療。」

「……妳自己就可以治療了啊，根本是想去找人家的碴對吧？勸妳不要。再怎麼說，冒險者們現在對那個人的評價都很好，輕舉妄動可能會讓其他人與妳為敵喔。」

我如此對阿克婭提出忠告，但堅持己見的她聽不進去。

見阿克婭伸出食指站在那裡動也不動，我無可奈何之下只好拔出匕首……

「……喂，是妳自己開口的吧，手指不要亂動。」

「可是，我還是會有一點怕嘛。我要的只是稍微劃破一層皮，連會不會滲血都很難說的小傷口喔。輕輕的喔。」

阿克婭這麼說的同時手指還是動個不停，不斷逃離我湊過去的匕首。

最後她像是要壓制住害怕的自己似的，用左手包住自己的右手，從左手的指縫當中伸出右手食指。

我一邊煩惱著自己為什麼得被迫做出這種事情，一邊謹慎地將匕首往阿克婭的指尖靠了過去……

「哎呀呀，手指不見了～猜猜看，真正的食指是哪一根？」

就在匕首快要碰到而未碰到的那個瞬間。

阿克婭這麼說，同時露出一副玩得很開心的表情，把右手食指縮了回去，從指縫當中探啊探的……

於是我默默抓住阿克婭的手，用匕首的尖端一戳。

「……！…………！」

阿克婭壓著被戳的手蹲了下去，痛到連聲音都出不來。

「好了，快去快回。」

我對阿克婭這麼說，她便淚眼汪汪地用怨恨的眼神瞪了我一眼，然後就這麼大搖大擺地走向賽蕾娜。

——我在遠處觀望，只見阿克婭也不知道是想怎樣，以步履蹣跚的奇怪動作走向賽蕾娜的桌子。

看來，她似乎是想假裝喝醉，藉此靠近的樣子。

然後，她走到排在最前面的冒險者身邊，便開了口。

「不好意思——如你所見——我受了重傷——可以讓我這個弱女子排你前面嗎——？」

看來她步履蹣跚地靠近那邊不是在假裝喝醉，而是在演一個虛弱的重傷者。

那個冒險者表情一僵。

「不，阿克婭小姐可以自己療傷吧…………我、我知道了，妳先請吧，我讓妳就是了，所以別用那種奇怪的動作嚇唬我……！」

他害怕地這麼說，把順序讓給插隊的阿克婭……

「請等一下。」

這時，賽蕾娜阻止了正要退讓的冒險者。

然後，賽蕾娜就這麼凝視著阿克婭。

「？」

接著對頭上冒出問號，一臉傻愣的阿克婭說。

「妳為什麼不自己療傷這件事現在姑且不談……但妳不也是神職人員嗎？照理來說，治療傷患應該是妳的職責。然而，妳卻推開其他傷患，只為了讓自己優先接受治療，這是什麼意思？妳不覺得對神職人員而言這是一種錯誤的行為嗎？」

「覺得。」

被賽蕾娜委婉地如此斥責，阿克婭便乖乖點頭。

那當然了，賽蕾娜說得一點都沒錯。

她說的那番話可以說是正確無比。

「我不是要說因為妳是祭司就不打算治療妳。只是其他人也和妳一樣痛苦。所以，請妳乖乖排隊好嗎？」

「好的，對不起。」

阿克婭對讓她插隊的冒險者道了歉，然後直接走到隊伍的最後面去重新排隊。

……所以說，妳一個女神被祭司辯倒是想怎樣啦？

阿克婭壓著傷口乖乖等待，不久之後就輪到她了。

她坐到賽蕾娜前面的座位上，把右手上的傷口湊了過去。

「醫生，有個碰巧路過的臭尼特害我受了重傷。這個傷治得好嗎？還是我會死翹翹呢？」

阿克婭一邊給賽蕾娜看那個小到不行的傷口，一邊說出這種話。

賽蕾娜牽起她的手，一隻手對準傷口，然後帶著苦笑說：

「只是一點小擦傷而已，馬上就可以治好了……來，『Heal』。好了，這樣就沒問題……」

賽蕾娜一邊這麼說，一邊把手移開，只見傷口並未痊癒，絲毫沒有任何變化。

「……！」

見賽蕾娜看著傷口僵住，阿克婭便做作地悶聲哭了起來。

「醫生，我果然會死翹翹對吧！這是連醫生也治不好的重傷嗎？還是說，醫生是因為討厭我才故意不治療我呢？妳說話啊，醫生！」

看來她是故意抵抗賽蕾娜的治癒魔法。

這麼說來，維茲之前試圖教我「Drain Touch」的時候，那個傢伙也使用技能加以抵抗，藉此找她麻煩。

阿克婭就連巫妖也抵抗得了，抵抗祭司的治癒魔法更是易如反掌……

「『Heal』！『Heal』！這……這是怎麼回事，為什麼沒效……」

「醫生，妳為什麼不肯治療我呢？難道是因為我是這個公會最強的祭司，妳嫉妒我的力量和人氣才不想治療我嗎！還是說，醫生的功力未成氣候才治不好呢？啊啊……我會就這樣死翹翹。我會從這個傷口感染細菌然後死翹翹……！和真先生——！和真先生——！你聽我說！這個女人不肯治療我！」

於是我走向如此大聲嚷嚷的阿克婭。

應該說，還扯什麼感染細菌死翹翹啊，妳甚至不會中毒，而且細菌早在碰到妳的時候就會遭到淨化了吧。

我一邊在心中如此吐嘈，一邊站到阿克婭身後。

「等我死翹翹之後，幫我在城鎮的正中心蓋一座超越金字塔的陵墓。然後幫我把我房間裡面那些被和真說成破銅爛鐵的各種財寶收藏進去。守墓的工作就交給爵爾帝了。每天要分別在早午晚祭拜我三次，供品用美酒和好吃的下酒菜。然後墓誌銘要這樣寫。偉大的……」

然後對準了大聲嚷著這種蠢事的蠢蛋的後腦杓，用匕首的柄頭輕輕敲了下去。

「偉大的蠢蛋在此長眠，我會幫妳這麼寫的。不好意思，賽蕾娜小姐。夠了吧，我們走！」

「……！…………！」

我抓著摀住後腦杓痛到在地上打滾的阿克婭的後領，準備就這麼離開。

周圍的冒險者們的視線刺得我好痛。

怎麼看這裡都不是我們的主場。

就在這個時候。

「那個……我有要事想找和真先生談一談，可以稍微耽誤您一些時間嗎？」

賽蕾娜對準備離開的我這麼說。

聽她這麼說，阿克婭先對自己手上的傷口和後腦杓施展了治癒魔法之後，猛然站起。

「妳適可而止喔，不要對我們家和真先生死纏爛打的好嗎！光是搶走我公會第一美女祭司的立場還不滿意，現在還想用自己的姿色搶走和真先生嗎？我們家的和真先生意志非常軟弱，光是被年紀比她小的女生叫一聲『葛格』就會被攻陷了，所以請妳不要這樣好嗎！」

「好，我要好好教訓妳，跟我過來。」

這時，正當我準備帶阿克婭離開的時候，有個冒險者喃喃開了口：

「公會第一的美女祭司……」

「「……噗呼！」」

「剛才笑出來的是誰——！我聽到笑聲是從那邊傳出來的，給我出來！啊，我之前幫你復活過對吧！你想笑我的話就給我付錢！復活原本是可以收取高額善款的超高等魔法喔，快付錢！」

阿克婭終於開始糾纏冒險者們了。

「不、不是我喔！我沒有笑啊……喂，不要把手指放進我的酒裡好嗎阿克婭小姐……等等這是水！為什麼要用我的酒表演才藝啊！」

「這不是才藝，是體質！我終於認清你們了！再怎麼說，在大家面對懸賞目標和大型怪物陷入危機的時候，該復活該治療該放支援魔法的時候我都沒有吝嗇好嗎！為了洩憤，我要把這裡的酒全部變成純水！」

「請不要這樣阿克婭小姐！要是妳那麼做的話最困擾的是公會，請住手！請住手！」

阿克婭衝到公會裡的酒桶旁邊企圖把手伸進去，公會職員和冒險者們則是連忙試著制止她，而就在這個時候。

「我們走吧，和真先生。這裡太吵了，可以的話我們去沒有什麼人的地方……」

賽蕾娜一副公會裡的騷動與她無關的樣子，笑著對我這麼說。

尾聲

我就那麼丟下大吵大鬧的阿克婭，在賽蕾娜的帶領之下，來到遠離市中心的一條沒有人跡的小巷。

會開在這個沒什麼人會經過的地區的店家，就只有某間沒什麼客人會上門的魔道具店而已了。

如果有事情要找我談的話，我覺得應該找間咖啡廳進去談而不是來這種地方吧……

或許是感受到我心中的疑問了，賽蕾娜瞇起眼睛笑著說：

「因為我想找您談的事情，不太適合在店裡說……」

說完，賽蕾娜左顧右盼了一下，然後在路邊坐了下來。

「這裡沒什麼人會經過，要是有人來了也只需要改變話題就可以了。我們就在這裡稍微談一下好了。」

她一改之前的溫和笑容，神情瞬間變得認真了起來。

——那是一個非常壯大而悲傷的故事。

賽蕾娜告訴我的故事，實在很難用一句話完全表達。

無論是任何人，聽完那個故事應該都是滿心難受與心酸，久久不能自已吧。

「——最後，那個人終究遭到邪惡的力量吞噬……曾幾何時，全世界的人都開始用那個名字稱呼她……魔王。其實，魔王並不是自願傷害這個世界的人們……！」

「竟有此事……這種……這種像漫畫一樣的發展居然存在於現實當中……！」

我稍微有些感動。

聽我這麼說，賽蕾娜微微歪了一下頭。

「……漫畫？……總之，基於這樣的理由，一名美麗的少女就成了人們口中的魔王。現在，她的容貌依然因為詛咒而變得醜惡，但那個詛咒也終將解除……求求您，和真先生，您正是神祇所選之人。您必定一心想要打倒現今依然折磨著人類的魔王吧。然而，魔王原本也是一名可憐的少女！能不能請您暫緩打倒魔王的行動呢？如果您說什麼都不願意等……！無論如何都要打倒魔王的話，還請讓小女子加入您的小隊，帶我到魔王跟前去……！」

她用雙手抓住我的手，以祈求的眼神由下往上看。

竟有如此戲劇化的發展……！

就是這個！

我在這個世界追求的就是這個啊……！

什麼被蟾蜍吞下肚的女神，或是在吐司邊上面灑砂糖啃著吃的魔王軍幹部。

明明是冒險者卻一下子要採收集體逃亡的高麗菜，一下子要當土木工程的臨時工。

還有貓耳半獸人和戴假耳朵的精靈，諸如此類的……

沒錯，之前的一切才是錯誤。

這個世界，不也有像這樣的王道悲劇故事，也有正常的奇幻作品橋段嗎……！

沒錯，只是之前那些人太奇怪了而已……！

「不過妳先等一下。賽蕾娜小姐為什麼認為我是神祇所選之人呢？我就挑明了說吧。我之所以在討伐懸賞目標或魔王軍幹部時參與其中，幾乎可以說只是剛好被牽連進去罷了。」

聽我這麼說，賽蕾娜閉上眼睛，搖了搖頭。

「光是聽到您的名字，我的直覺就告訴我錯不了了。和真先生，您知道嗎？這個世界偶爾會有蘊藏著出奇強大的力量的人們出現。那些人有的是頭腦特別好，有的是魔力強大，有的是帶著神兵，所有人的能力種類都不盡相同。唯一的共通點，就是魔王軍的成員們都非常害怕那些人。」

我立刻想通了。

她是指來自日本的那些開外掛的傢伙吧。

「呃，妳說的那些人我心裡大概有個底。所以，妳是因為我的名字很奇怪，才覺得我和那些人一樣嗎？那個，不好意思，我並沒有任何那一類的特殊能力……」

「不，並不是因為您的名字奇怪！」

正當我欲言又止的時候，賽蕾娜斬釘截鐵地說。

「的確，那些擁有特殊能力的人的名字都很奇怪。但我之所以確信您是特別的人……！沒錯，是因為過去有個對魔王軍造成了極大損害而讓他們相當害怕的傳奇劍士。我聽見您的名字的時候便確信了。您就是那位傳奇劍士的後裔！」

什麼，原來我就是……！

…………

「……呃，為什麼啊？」

「那個人名叫佐藤。傳奇劍士佐藤。這種共通點難道會是巧合嗎？不，當然不是！」

那是我的國家最多人用的姓氏。

我想那應該是完全和我不相干的人。

……不過，話說回來。

「賽蕾娜小姐。不好意思，我是最弱職業的冒險者，這是不爭的事實。妳剛才說的那些確實讓我熱血沸騰，興奮不已，這也是事實沒錯。不過，要我打倒魔王根本是不可能的任務，我沒那個意願，更沒有那個實力。而且，根據妳剛才所說，魔王的真實身分是個詛咒快要解除的美少女對吧？不行不行，絕對不行。我哪有那個膽量殺人啊。光是對付人形的怪物就已經很吃力了。」

我原本還以為賽蕾娜聽見這番窩囊的發言應該會很失望才對，但出乎意料的，她露出一臉鬆了一口氣的表情。

「您太謙虛了，居然說自己沒有那個實力……不過，原來是這樣啊……我明白了。呵呵，和真先生真是一位非常溫柔體貼的人呢。」

說著，賽蕾娜瞇起眼睛，露出笑容。

然後，她對我深深一鞠躬。

「那麼，我就……」

「賽蕾絲迪娜小姐？這不是賽蕾絲蒂娜小姐嗎！」

賽蕾娜正打算道別的時候，突然有人對她搭話。

那個人就是……

「啊，連和真先生也在！你們怎麼會在這種地方啊？和真先生真是的，不只是我，巴尼爾先生也好，賽蕾絲蒂娜小姐也罷，你怎麼和魔王軍幹部這麼有緣分啊！你已經和賽蕾絲迪娜小姐很要好了嗎？」

開在這附近的魔道具店的老闆，維茲。

「……您是不是認錯人了？我是名叫賽蕾娜的祭司。您是不是誤把我當成別人……」

「賽蕾絲迪娜小姐，難得妳都來到這個城鎮了，要不要順便去我的店裡坐一下？和真先生也一起來。我會泡茶請你們喝喔。」

原本打算用認錯人蒙混過關的賽蕾娜，發言就這麼自然而然地被天然呆的維茲打斷。

賽蕾娜瞇起眼睛露出笑容，對著我說：

「和真先生，您和這位小姐認識啊？能不能請您向她解釋一下呢？她認錯人了。」

「賽蕾絲迪娜小姐，妳為什麼不看我這邊啊？還有，妳那個文雅秀氣的語氣是怎麼一回事？吶，妳該不會是忘記我了吧？是我啊，我是在魔王城裡住過一陣子的維茲，和妳是同事的維茲啊，賽蕾絲迪娜小姐！」

維茲抓住笑容可掬的賽蕾娜的肩膀，開始用力搖晃。

對此，賽蕾娜似乎終於忍耐不住了，用力拉開她的手。

「等等……別這樣好嗎？我是賽蕾娜，和那位叫賽蕾絲什麼的是不同人，所以請妳收斂一點可以嗎？」

聽賽蕾娜這麼說，維茲「咦咦！」地驚叫出聲。

「妳在說什麼啊？無論從哪個角度怎麼看妳都是賽蕾絲迪娜小姐啊！妳是黑暗祭司賽蕾

絲迪娜小姐對吧？最擅長思考策略，並且活用自己是魔王軍當中唯一的人類這一點，經常潛入城鎮……」

「哎呀，妳的髮梢有分岔呢！我稍微幫妳治癒一下好了！『Heal』！『Heal』！」

「好痛！好痛！妳、妳這是做什麼啊，賽蕾絲迪娜小姐！到底是怎樣啊！夠了，我不管妳了。難得我進了有趣的魔道具，原本還想給妳看的說……！和真先生，改天再來我們店裡玩喔。」

維茲向我打過招呼後，便氣呼呼地朝店裡走了回去。

目送著她離開之後，賽蕾娜似乎又打起精神來了，互握著雙手說：

「……真是一位奇怪的小姐，對她施展治癒魔法竟然還會冒煙。」

「誰教她是巫妖，而且這種事情妳早就知道了吧，賽蕾絲迪娜小姐。」

賽蕾娜試圖設法蒙混過去，於是我也笑容可掬地回應她。

儘管如此笑容還是不曾從她臉上消失，讓我覺得這個女人相當了得。

最後，賽蕾娜低著頭沉默了半晌，終於下定決心抬起頭來。

「不是的！」

「好喔。」

看來她還不打算放棄。

這個女人還真有毅力啊。

「的確，正如她所說，我是魔王軍的幹部，賽蕾絲迪娜。可是請聽我說。我剛才告訴您的故事都是真的！其實，我是因為中了詛咒而變成魔王的少女的姊姊。是為了救舍妹，無可奈何之下才加入魔王軍！啊啊……即使是現在，我只要一想到舍妹就……！」

就在這個時候。

賽蕾娜演得正起勁的時候，一個高大的男人出現在她背後。

「一想到舍妹就怎樣？汝，好事老是被打斷，煩惱著自己是否中了詛咒的男人啊。方才喜不自勝地採購了破銅爛鐵回來的失望老闆說汝在店附近，所以吾便來了。若是謝禮夠豐厚，吾可以回應汝的煩惱喔。要不要來店裡坐一下啊？」

賽蕾娜似乎覺得那個聲音相當熟悉，整個人抖了一下。

繼維茲之後出現的魔王軍前幹部，面具惡魔巴尼爾就站在她背後。

賽蕾娜戰戰兢兢地轉過頭去，兩人的視線正好對上。

「…………初、初次見面你好，我叫賽蕾娜。你是和真先生的朋友嗎？不好意思，和真先生，看來您好像很忙，我先就此告退……」

「初次見面久違了，毫無任何一點可疑之處，清白又正直的祭司啊。汝何必那麼急著走人呢？為了表示友好，吾正想將現在化為碳元素的烤焦老闆剛才喜不自勝地採購來的愉快商品讓給汝呢。」

聽巴尼爾這麼說，賽蕾娜鬆了一口氣。

而在這樣的賽蕾娜面前，巴尼爾拿出狀似小型杯裝冰淇淋的東西來。

「本日的推薦商品是這個！常野營的冒險者的最佳良伴，宰蟲小幫手。與可愛的名稱正好相反，效力極為強大。這個東西是針對比老鼠還要小的生物，在這個魔導具的周圍施加強烈的死亡詛咒。換句話說，只要將這個放在枕頭旁邊就可以不需要介意擾人的蚊蟲叮咬，睡得香甜。」

「「哇啊。」」

我不禁和賽蕾娜如此共鳴。

這個世界應該也有蚊子吧。

反正又不缺錢，我有點想要那個東西。

不過……

「反正一定有什麼詭異的副作用吧？比方說人類也會低機率中詛咒而死之類的。」

「怎麼會呢？這對比老鼠大的生物毫無效用。會死的只有比老鼠小的生物而已。」

很難得的，巴尼爾否定了我的疑問。

什麼嘛，所以那真的是推薦商品……

「太了不起了，換句話說，只要放在枕頭旁邊，那個又黑又快又油亮的恐怖大王靠近的話也會死掉嘍！請務必給我一個……！」

「多謝惠顧！」

聽見開心地接過商品的賽蕾娜那麼說，我忽然間冒出一個疑問。

「……吶巴尼爾，妳的意思是除了蟲子以外，任何比老鼠還小的東西都會死嗎？」

「當然會死。」

巴尼爾如此秒答。

「……那麼，人類體內的微生物、抗體之類的呢？」

「當然會死。」

果然是破銅爛鐵嘛。

雖然應該聽不懂微生物、粒線體之類的是什麼東西，不過大概是隱約從我的反應發現那個東西有瑕疵吧。

賽蕾娜戰戰兢兢地想要把商品還給巴尼爾，然而……

「哎呀，素未謀面的人啊。身為生意人，吾對顧客的個人資料保密到家，不過汝一旦退貨就不是顧客了。嗯嗯，吾看見了。吾看見了某個人的未來……因為某個面具紳士爆了許多料，害得那個某人被冒險者們圍毆……」

「我買！我一定買！要多少錢！」

算妳可憐。

「呼哈哈哈哈哈，吾今天心情正好，因為廢物老闆採購的破銅爛鐵難得像這樣變成金錢了！這個道具原本應該賣四十萬艾莉絲的，扣掉首購價格以及開心價格之後，特別算汝一百二十萬零八百艾莉絲好了！」

「這樣根本是加價好嗎混帳東西！你為什麼會知道老娘手上有多少錢啊，誰准你動不動就隨便透視了！」

賽蕾娜如此怒吼，把自己的錢包整個砸向巴尼爾。

突然變了一個人的她，語氣簡直和沒格調的冒險者沒兩樣。

巴尼爾接住了被砸向他的錢包。

「呼哈哈哈哈哈，那麼後會有期了小鬼！對了，那位素未謀面又易怒的人啊！汝的負面情感相當美味，相當美味啊！呼哇哈哈哈哈哈！」

然後一邊愉快地笑著，一邊直接悠然走向魔道具店。

一臉茫然地目送著他，魔王軍幹部賽蕾娜說：

「我……我的全副家當……」

……真是可憐。

後記

感謝各位這次拿起本作。

最近因為自己在家裡工作的時候不太努力這件事被編輯先生識破了，結果被強制預訂了角川出版社的會議室和集中室，每天光顧。

我應該是討厭每天通勤才當作家的才對，事情怎麼會變成這樣呢？

我知道，是因為自己不努力工作不好意思。

看來我在成為作家之後還是沒有脫離自宅警備兵的個性而有所成長。

——本集故事描述的並非處於競爭對手關係的兩人終於有個了斷，而是成為永遠的競爭對手了。

她們兩個原本就是在「看似個性相反卻又有些相像的宿敵」這樣的設計理念之下誕生的，今後大概也會繼續一邊吵架一邊曬恩愛吧。

然後故事終於要漸入佳境了。

正式展開行動的魔王軍幹部出現在阿克塞爾，和真他們的和平日常終於就此崩潰——！

諸如此類的嚴肅劇情當然不可能出現在這部作品當中，所以從下一集開始各位依然可以繼續放空腦袋好好享受。

那麼，這一集的解說差不多到此為止，來宣傳一下。

現正發售中的新系列作品《戰鬥員派遣中！》在第二集當中收錄了《美好世界》的合作短篇，有興趣的讀者若是願意一讀，作者也會很開心。

然後，《美好世界》的劇場版動畫即將上映。

總覺得事情的規模已經大到感覺有一半已經和我無關了，不過這全部都是一直以來支持這部作品的各位以及工作人員的功勞，感激不盡，感激不盡……

如此這般，這一集也是給許多人添了很多麻煩，好不容易才能夠出版。

原稿總是一拖再拖，害得三嶋老師每次都在很吃緊的進度下繪製插圖，真的非常抱歉！

除此之外，也給I責編和美編、校閱人員、業務人員以及其他各式各樣的人添了很多麻煩，只希望能夠和各位合作到最後……！

在此向各位說聲對不起，同時也要為了能夠出版而道謝。

並且向拿起這本書的所有讀者，致上最深的感謝！

暁 なつめ

後　記。

NEXT
那個祭司到底是何方神聖啊！
是魔王軍幹部喔。
居然打算從本小姐這裡奪走阿克塞爾的美女祭司寶座，到底是何方神聖啊！
是魔王軍幹部喔。
啊！難不成是視我達斯堤尼斯家為仇的政敵派來的刺客……!?
是魔王軍幹部喔。
下一集！阿克塞爾即將面臨危機，劇情終於走上認真嚴肅的王道發展……！
沒有那種事喔。
COMING SOON!!
為美好的世界獻上祝福！15

讓笨蛋登上舞台吧！
3
為心懷美夢的公主獻上星空
為美好的世界獻上祝福！EXTRA
author 昼熊
illustration 憂姫はぐれ
原作 暁なつめ
角色原案 三嶋くろね
Kadokawa Fantastic Novels

戰鬥員派遣中！ 1 待續

Kadokawa Fantastic Novels

作者：暁なつめ　插畫：カカオ・ランタン

「一個世界不需要兩個邪惡組織！」
操起現代武器，開始進軍新世界！

眼見征服世界的目標即將實現，為了擴大版圖，「祕密結社如月」將戰鬥員六號作為先遣部隊派遣至新侵略地，但他的各種行動都讓幹部們傷透腦筋，更強烈主張自己應該加薪。然而，他接著卻傳回了號稱魔王軍的同業，即將消滅看似人類的種族的消息——

NT$250/HK$82

國家圖書館出版品預行編目資料

為美好的世界獻上祝福!. 14, 紅魔的考驗 / 暁なつめ作 ; kazano譯.
-- 初版. -- 臺北市 : 臺灣角川, 2019.07
面； 公分
譯自：この素晴らしい世界に祝福を!. 14, 紅魔の試練
ISBN 978-957-743-077-9(平裝)

861.57 108007847

Kadokawa
Fantastic
Novels

為美好的世界獻上祝福！ 14
紅魔的考驗

（原著名：この素晴らしい世界に祝福を！ 14 紅魔の試練）

2019年8月1日 初版第1刷發行
2024年8月8日 初版第7刷發行

作　者：暁なつめ
插　畫：三嶋くろね
譯　者：kazano

發行人：台灣角川股份有限公司
總　監：呂慧君
總編輯：蔡佩芬
主　編：林秀儒
副主編：楊鎮遠
設計指導：陳晞叡
印　務：李明修（主任）、張加恩（主任）、張凱棋、潘尚琪

發行所：台灣角川股份有限公司
地　址：104台北市中山區松江路223號3樓
電　話：（02）2515-3000
傳　真：（02）2515-0033
網　址：www.kadokawa.com.tw
劃撥帳戶：台灣角川股份有限公司
劃撥帳號：19487412
法律顧問：有澤法律事務所
製　版：尚騰印刷事業有限公司
ISBN：978-957-743-077-9